讀完本書後，希望各位也能像書中的主角們一樣，
獲得溫暖的安慰與鼓勵。

· 朴俔美 ·

獻給台灣讀者們的
悄悄話

歡迎來到
奇蹟大飯店

달위니 호텔

朴偰美 박설미—著　吳念恩—譯

序

親愛的臺灣讀者們，大家好。

聽聞我的作品《歡迎來到奇蹟大飯店》即將在臺灣問世、與各位讀者見面，這消息讓我內心相當激動又高興。

還記得我大學時期曾經到臺灣旅行過，在我的印象裡，臺灣的人們很是親切，且環境乾淨優美、食物也非常美味。尤其是看著怡人景色泡溫泉的記憶至今仍清晰地烙印在我的腦海中。我的小說裡也有飯店客人泡湯舒緩疲勞的場面，這使我感覺到，這部小說能在臺灣出版有如命中之註定，彷彿是一股難以言喻的力量將我們牽引在一起。

《歡迎來到奇蹟大飯店》是一部療癒人心的奇幻小說，故事發生於一間由經理金滿郁與胖橘貓阿爾梅蒂亞共同經營的飯店，人們帶著各自的傷痛受邀來到此地，接著，許多神秘又如魔法般的事情將在此開展。這間位於僻壤山坡處的飯店由經理金滿郁負責管理，名叫滿郁的他，實際上是位年輕男子，始終以精明老練的微笑接待客人。儘管如此，他卻有著一個不曾對任何人言說的過往……至於他永遠的同事——胖橘阿爾梅蒂亞，則是過了午夜便能以男孩的聲音說話的神秘動物，雖然牠看起來只是一隻成天睡覺、生活舒適的貓咪，但牠也懷抱著自身的傷痛……

而我們也像他們一樣，慣於把自己的悲傷埋進臉上的微笑裡了。我常常想著——要是這世上發明出能消除悲傷的橡皮擦該有多好？我的這份期望催生了這部作品，希望這本書像一份禮物般，能送到各位讀者的手裡。

我是個電影迷，周杰倫自編自演的《不能說的．秘密》是我非常喜歡的一部作品。欣賞這部電影時，我所體會到的感動與趣味，後續啟發了我許多靈感。例如《不能說的．秘密》中，導演將浪漫愛情的題材結合了奇幻和懸疑的元素，我覺得這一點非常有趣。而在執筆這部《歡迎來到奇蹟大飯店》時，作品能從起初相對單調的結構，慢慢具備了溫馨奇幻小說特有的面貌，我想是以往觀影的收穫影響我很深，幫助我進一步提升了作品的完成度。

此部作品是以待業中的由美偶然在飯店就職作為故事的開始。接著，請各位讀者也親自成為「由美」，跟著由美的視線觀看劇情的發展，相信諸位最後一定會深刻感受到心中的餘波盪漾。

非常感謝皇冠出版，也誠摯地歡迎各位讀者能像小說中的主角們一樣佇足於達爾葳妮飯店，期許你們能從這些時間裡獲得溫暖的安慰與鼓勵。

不久前花蓮發生了地震，接獲消息後，我不禁陷於沉痛之中。我在此向403花蓮地震的遇難者及其家屬表示深切哀悼，同時祈禱不再有更多傷亡與災情。

朴俁美

二〇二四年春

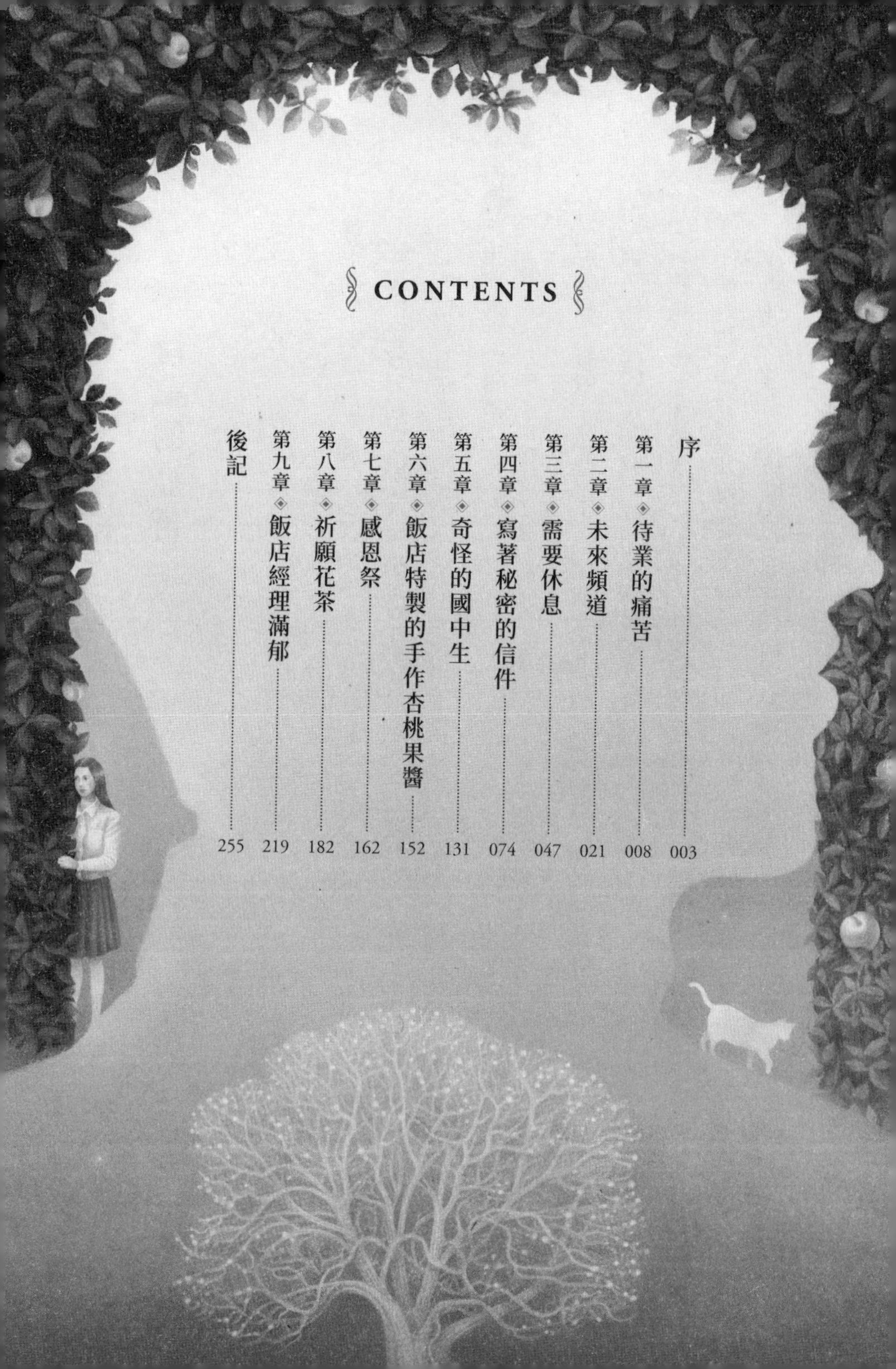

CONTENTS

第一章 待業的痛苦

轉眼間，咖啡廳客滿了，播放的歌曲也早已從男團歌切換成女團歌。但最近，不管聽什麼歌，我都快區分不出誰是誰了。原來我也上年紀了啊，轉瞬間已年過二十七、在韓醫院針灸兩週的腰椎間盤突出不見好轉，而令人心寒的更是自己還沒找到工作的悲傷現實。

「由美啊，我下定決心了！」當我正要開始打起瞌睡，惠珠突然從旁搭話。

「蛤？什摸倔心？」我一邊用手背揉著眼一邊問道，我是要問——什麼決心。

「我們啊，需要的是勇氣，只要一小匙的勇氣就夠了！」

「什麼東西？突然說什麼勇氣？」

「我們現在放棄大企業吧，想要我們的不是大企業。我要開始準備考公職！」

惠珠彷彿看見嶄新的人生正在向她張開雙臂，而比任何時候都還要情緒高昂。看她滿腔熱血，我反而沒有勇氣澆朋友冷水——我沒有那一小匙的勇氣。

雖然想說的其實是「最好是別了吧」，但我還是忍住了。惠珠是一旦下定決心，就會在所不惜去達成的那種人，顯然她現在是不可能把我的話聽進去的。

「不能再繼續坐以待斃了，我現在就該去書局！」

「為什麼要去書局？」

「什麼為什麼，我要去考公職啊。」

我身邊早有考上公職的人。正想對她說「放棄吧，公職也很難考」的我又把話吞了回去，是誰在給人建議啊。我憋得連口氣都喘不過來，而趕緊拿起冰咖啡，以此冷卻內心的灼熱。這時，電話震動，是男友呂俊昊傳來的訊息。

「我被錄取了！」

什麼意思？我精神恍惚了幾下。為了消化剛剛收到的這個消息，我一邊看著手機畫面一邊低喃著——「錄取？是啊，錄取了很不錯……嗯？錄取？？」遲來的衝擊使我提高了分貝，見隔壁桌的阿姨用眼神示意我安靜點，我馬上道了歉，我的兩頰也變得赤紅燒熱。

「錄取了？哪裡哪裡？妳也太強吧車由美！」惠珠以為錄取的人是我，而用著不可置信的表情，緊握我的雙手揮舞了起來。身體受到晃動後，我才回過神來。但一時也不知道要怎麼回應，於是又只是呆坐原地。一旁的朋友已經高興成這樣，「其實是我男友，不是我啦」的這句話實在無法輕易脫口而出，但也不可能真的騙她「我通過企業公開甄選了」，那樣只會更凸顯我的悲慘淒涼。

「惠珠，冷靜下來。」

「現在要叫我怎麼冷靜呢？大家！我朋友要進大企業了！」

我伸手把惠珠的嘴巴摀住後，張望了周圍，所幸音樂吵雜，看起來只有隔壁桌的阿姨聽到，不過我又必須對那位緊瞪著我的阿姨道歉了。

「不是我，是俊昊！」

「？」

「應徵上S電子的是俊昊、不是我。我剛剛是收到他傳的訊息。」

「什麼？哎咦，白開心了。但是為什麼連妳男朋友都上了、妳卻還沒找到工作？說實話，妳的條件比較亮眼吧？論學歷、外貌、在校成績、多益分數……妳都比他優秀，他有哪一點能比得過妳啊？」

我嘗試翻找一二，卻絞盡腦汁也想不到。不過想這些又有何用呢？我不獲任何人的賞識，現在連父母也不願意正眼瞧我。兩人無論見老朋友或認識新朋友時，都已經許久不提我的事，我是讓家裡蒙羞的人，對他們而言，這個孩子大概就跟不存在一樣吧。父母親兩人都是公務員、哥哥靠內部推薦進了S電子、姐姐則進了金融業的大公司，而身為家中老三的我，到了二十七歲都還沒找到一份稱得上工作的正職。

從經濟系畢業後，四年來我應徵了首都圈的金融業跟各家大企業，卻屢戰屢敗。從前年開始，有時候會幸運地進入面試環節，卻也總是在第二階段落馬，如今又長了一歲，錄取的機會只會越來越渺茫。

我跟男朋友俊昊是大學時期開始交往的，四年來，我們一起讀書、一起考試、落榜時再一起高飲苦酒。惠珠跟我則是國中同學，她曾在一家小出版社以約聘職工作，然後在去年的某天，她突然跑來說自己也要挑戰大企業，於是自此之後，惠珠也跟我們情侶倆一起每天在咖啡廳讀書求職。惠珠跟俊昊通常晚上八點就會收拾回家，而我會在咖啡廳泡到十一點，哪怕是多刷個幾題、或是再聽幾次線上課程都好。

「妳在哪？要不要見面一起吃頓晚餐？我們去吃好料的。」

「現在是時候吃山珍海味嗎？」——我一度想這麼回覆，但我忍住了，男友何罪之有？他只是不太會察言觀色，本性還是善良的。

我們的關係還走得下去嗎？

在社會上，男友是個勝者，而在大眾的眼裡，我是個落隊的失敗者，他再怎麼善良，總有一天，也會被這種視線影響、同化。

光是回想起疫情期間，受防疫政策影響、而被迫關在家裡讀書求職的那些日子，我就覺得噁心想吐。那陣子爸媽一大早就會去洞事務所[1]，獨留我一人成天在家，雖然沒人在旁干涉，我卻像是被關在密室裡一樣無法喘息。晚餐時間，父母回家後，我依舊繼續待在房裡，偶爾進出房間、上個廁所，也會先觀望一番才走出去，我甚至會踮起腳尖，彷彿害怕我的腳步聲會揭露我的存在。父母從來沒說過「由美啊，吃過晚餐了沒？」或是「別太勉強自己，早點休息」，也未曾說出「我們家女兒一定會錄取的！」抑或是「沒進大企業又怎樣，妳還是最令我們驕傲的女兒」之類的一句溫情鼓勵，我的自信心早已一再受挫、跌落谷底。

忍無可忍的我搬出去住了，找了間大學後門小巷裡的套房。為了應付房租跟生活費，我在便利商店上大夜班，即使我知道不可能一輩子靠打工維生。

「聽說晚上會下雨耶。妳待會兒也是要去便利商店吧？」

1. 似臺灣里民辦公室。

「當然要去囉。」

「那妳繼續加油，我先走啦。」惠珠邊說著要去書店，邊向我揮手再離去。

我打開了手機，畫面切到我加入的網路社團——名字是〈痛苦才是真。求職人〉，這恰恰說明了我當前的處境。

我按下「輸入文字」的欄位，開始打起字：

「我是今年二十七歲的女性，投大企業屢戰屢敗，光通過書審階段就已經堪比摘星還難，就算老天眷顧、讓我進入面試階段，在二面的最終決選時，仍總是落榜。我想拼進國營企業的話該怎麼準備比較好呢？」

提問上傳不到三秒鐘後，便跳出了一個留言的回覆。

「**放棄ㄅ。**」（**暱稱：神秘的經理**）

我將手機放進連帽外套的口袋裡，嘗試聚精會神閱讀模擬試題，卻無法集中。啊，越想越氣耶。

我無法再坐在那個位子上了，咖啡廳說笑的人們好似都在嘲笑我，我於是開始收拾書本、背起書包後再整理了座位。「放棄ㄅ。」稍早的留言在我腦中徘徊縈繞，是啊，是該放棄了吧。我從後背包裡抽出了模擬試題，把它們全丟進咖啡廳的垃圾桶裡。咖啡廳裡吵雜的女團歌切換成別的偶像，這次是哪個女團的歌？我依舊毫無頭緒。

「不可能的事情註定是不可能達成的。」我低聲自語，並將門用力推開，這時，手機震動了，大概是男朋友又傳來訊息吧。恭喜你，短短三個字，我卻連這句話都說不出口，究竟我是多麼心胸狹隘又自私。我打算關掉手機電源而從口袋裡掏出了手機，不過，傳訊息的人不是男友。

「達爾葳妮飯店經理金滿郁？」

簡訊中這麼寫道——

誠摯邀請敬愛的貴賓。

厭倦日常生活的您，

需要的是香甜的可麗露、一杯咖啡，

還有鬆軟的床被。

這簡訊是什麼意思？太荒唐了。我將其視做垃圾訊息，本打算直接刪除簡訊，卻不小心按到通話鍵。儘管我立即掛斷了電話，心臟仍噗通噗通地跳動，哎呀，差點嚇死，我打起精神，接著才緩緩按下刪除鍵。那無疑是詐騙集團，這世界真可怕，自己的電話號碼都不知在何時洩露了。

無來由地，我沒想回去租屋處，而是走到了家裡住的那間公寓，是我想家了嗎？我走進公寓的入口後，又不知怎的注意到了信箱。公寓管理費繳費單、電信公司寄來的信函等塞滿整個信箱。我其實不怎麼意外，家裡基本上只有我會特別注意這些信，因為我是這個世上最無所事事的人，除了我之外的大家都過得很是忙碌。

在我用盡全身力氣將卡在信箱裡的各式信函抽出來時，啪的一聲，一個信封應聲墜地。李子色的信封上綁著金黃色蝴蝶結，看起來不尋常，到底該不該撿，我糾結了幾番，決定先看是誰寄來的比較好。不過，上面收件人竟寫著我的名字，目光轉向寄件人姓名後，我差點沒喊出聲來——那正是剛才奇怪的簡訊裡登場過的署名，到底是何方神聖，老是寄給我這種莫名其妙的簡訊跟信件？即使我內心有點顧慮，最後還是拆開信封、確認裡面的內容。牛皮紙袋裡裝有卡片及邀請函。

誠摯邀請敬愛的貴賓。

厭倦日常生活的您，

需要的是香甜的可麗露、一杯咖啡，

還有鬆軟的床被。

收到本函的貴賓不僅可以留宿兩天一夜，

我們還將免費提供四十八小時不打烊的溫泉、甜點、咖啡跟自助吧。

誠心祝福諸位，能心無旁騖地在此歇息。

—達爾葳妮大飯店經理金滿郁敬上—

現在我不只單純好奇這是誰的把戲，而且進一步開始感到火冒三丈。這時，我猜想那個人也是〈痛苦才是真。求職人〉的社團成員，故在讀到我的貼文後，向我開這種嘲弄意味的玩笑。該不會，這些就是貼文底下留刺耳之言的「神秘的經理」搞的鬼？要不然就是我男朋友在開我玩笑了。如果是我男友，那我肯定會立刻提分手，如果是其他有心人的作為，我則打算報警處理。

我後悔自己剛剛把簡訊刪掉了。接著猛然想起我一度不小心按到通話鍵，在確認通話紀錄後，我發現上頭確實留有一串電話號碼。「老天真有眼！」我在搜尋引擎的檢索欄輸入了那串電話號碼，卻一無所獲，以防萬一還再加上了寄件地址，仍然沒有出現位於該地址的建物名稱。能自己造出這種地址的人很令人無言，而正在搜尋這串地址的我也是同樣荒謬。

「好吧，就由我親自將你移送給警察吧。」

我氣呼呼地把邀請函跟卡片塞進包包夾層裡，再跑去路邊攔計程車。

「司機大哥，麻煩去會賢洞。」

我出示的邀請函上列了地址，計程車司機照著它一個字一個字鍵入導航系統，一邊歪了歪頭，或許是他也覺得那地址哪裡怪怪的，但他沒再多說什麼，便啟程前往目的地。

坐在計程車後座移動的期間，我的腦袋裡也只有對於金滿郁這個人的好奇心跟憤怒。真想盡早看看信件作者到底長什麼樣子……哎呀呀，這麼一說，我差點忘記便利商店的打工了，我得在更遲以前聯繫老闆才行。電話響沒幾聲後，老闆就接起了電話。

「本商品有買一送一優惠。」

「老闆，我今天身體不太舒服，可能不去上班了，對不起。」

老闆大概正在客人面前結帳，掃條碼的聲音嗶嗶作響。

「什麼？（嗶）哎呀，那也沒辦法了。身體很不舒服嗎？四千五百韓元喔。」

「雖然感覺只是感冒，但今天可能要先觀察看看。」

「好吧。（嗶）今天好好休息，明天再來上班喔。請問要幫你裝進塑膠袋嗎？」

「好的，謝謝老闆！」

我很抱歉欺騙了老闆，但眼下只能想到這個方法了。

「小姐，我是按照導航指示開的，是這裡對嗎？」

儘管我想對滿頭霧水的司機說我其實也不知道，不過，我最後直接請他停在這邊，在刷卡結帳後匆忙地下了車。環顧四周，我也即刻理解了計程車司機的疑惑，因為導航導向的目的地只有一間廢棄的學校。不知道是不是發生過火災，建築物被燒得焦黑，只剩下殘垣斷瓦和幾根柱子，再待下去只怕我的心情會變得更抑鬱，於是我趕緊穿過廢校、踏上了後方的石階。雖然我壓根兒沒有想過後面還能有什麼，但總覺得應該走向那處。這就是大家常說的第六感嗎？Sixth Sense. 一個人默默想像自己或許隱藏著某種才能，我不禁噗哧笑了，我小時候也常常想這些，想像自己可能擁有超能力之類的。

不知不覺間，太陽下山、天色變暗了。

石階走到了盡頭，我接續沿著彎彎曲曲的山路行走，經過了幾間關門的店家後，突然有一個燈火通明的七層建物映入眼簾。

我的腰椎間盤突出彷彿隨時都可能復發，因為站在山路上的我，奮力地仰了頭望向飯店——達爾葳妮飯店……竟是真實存在的地方啊。

第二章

未來頻道

「在首爾市中心本來就有這家飯店嗎？那怎麼會完全搜尋不到呢？該不會這家飯店是由黑道老大經營，或其實是毒品交易往來的犯罪毒窟之類的吧？我能活著回去嗎？」我心中懷著不安跟好奇心，推開了大門、走入飯店。

門上掛鈴啷噹啷噹響。大廳有如電影佈景般充滿了復古的情調，地板鋪滿了大理石磚。而在大廳一角，裝著果醬的玻璃罐疊得像一座金字塔一般，遠比身高一五八公分的我還要高，這是我出生以來第一次被驚人的果醬金字塔懾服。接著，我走向前檯，櫃檯前有一隻橘色虎斑貓蜷縮身子在坐墊上睡覺，牠的項圈上刻著「阿爾梅蒂亞」。

「真是好命，你都不用擔心找不到工作。」我話聲一落，貓咪便微微睜開了眼睛，接著朝著我一瞥，神情彷彿在叫我不要打擾到牠睡覺，隨後又闔上雙眼進入夢鄉。

飯店員工們都上哪去了呢？不見接待人員的人影，我便用手掌心拍打了檯前擺著的服務鈴。

「噹啷！」

仍然沒有人出現。

「噹噹噹啷！」

真的完全沒有人嗎？

「噹噹噹噹噹噹啷！」

「不好意思顧客，那個鈴是我呼叫員工時使用的鈴。」

一位身穿燕尾服的男員工從後場走了出來，他髮型整潔幹練、瀏海都往同一邊梳，左胸口袋上插著連枝的胸花，不知是不是還戴了有色的隱形眼鏡，雙瞳呈現淺褐色。意外地看到如此一張帥氣的臉龐，我內心悸動了一下。而為了避免被察覺，我便一字一字清楚地說：「我要辦理入住。」

「您好，歡迎光臨達爾葳妮飯店！」他操著老練的微笑向我問好。

「請問貴賓是第一次到訪我們飯店嗎？」

「是的，因為我也是今天第一次得知有這樣的地方存在。若是再多加宣傳，客人應該會更多才是……」

「請問您有攜帶您收到的邀請函嗎？」

「啊，差點就忘了呢。我分明有收在某個地方的啊……」我好不容易才從書包的夾層裡翻出皺掉的邀請函，再用手掌將其攤平。看著我這番折騰，飯店經理的表情稍微變得黯淡。

「我是飯店經理金滿郁，請……」

「稍等一下，金滿郁不是女生的名字嗎？」

「務必注意不能遺失邀請函，在這裡……」

「你是怎麼知道我的聯絡方式跟住址的？你的消息來源是何處？是花錢跟誰買的呢？」

「遺失邀請函就等同於搞丟了鑰匙。若沒有鑰匙，就算您找到出口，也無法開門離開。」

「你沒有回答我任何一個問題。」經理不顧我如爆開的水龍頭般傾瀉的提問，而是神色自若地敲打著筆記型電腦的鍵盤。

「跟您確認以下幾個資訊。請問您的大名跟職業？」

「名字是車由美，職業是……待業。」

「您目前還是大學生嗎？」

「我已經大學畢業四年了，目前還是待業中，求職碰壁、家庭關係也經營失敗，現在連跟男朋友的關係也要破裂了。我的人生呀，本身就是個徹底的失敗。」

經理將目光從筆電移開，接著用好奇的眼神直直地凝視著我。

「那肯定很辛苦吧，所以您才會害怕失敗嗎？」

「好像是吧，因為總是體驗失敗。」

「嗯……那麼您今年幾歲呢？」

「二十七歲。」

「正是如花朵盛開般的年紀啊！」

他在聽到我的年齡後深受感動，不過我更是被他的一席話所觸動，因為第一次有人聽到我的年齡後能這麼說道。誠如他所言，在這個如花朵盛開般的年紀，我到底都在做些什麼呢？二十多歲該是充滿夢想跟活力的年紀，能與帥氣的男友約會、有時間和朋友們談笑風生，還有隨時都能遠走高飛的自由——這個如花朵盛開般的年齡有權盡情享受這些，現在的我卻放棄了這一切、日日憂懼未來。以漫長的人生來說，我現在正值花樣年華，然而，在職場上的我只是一個上了年紀的老女人。

二十七歲以後，每當進入最終面試階段時，我最常聽到的話便是「您年紀比想像中還大呢」和「那您有結婚的規劃了嗎」兩句。接著耳邊傳來在場一起面試的其他面試者的笑聲，於是我的雙頰變得通紅。一瞬間，面試現場彷彿搖身變成公開處決的刑場。

「我是『七拋』世代。」

「七拋世代？那是什麼意思呢？」

「戀愛、婚姻、成家、育兒、人際關係、夢想與希望，這七項東西都得放棄的世代。」

「我為您感到惋惜。在這般花樣年華竟然要放棄這麼多呀……敬請您在我們飯店好好休息，祝福您能尋回這七項中的任何東西，哪怕只有其中一項也好。」

「……謝謝您。」

不知為什麼，他的話總讓我想流淚。我想，雖然他表面上看起來很奇怪，不過他也可能出乎意料的是個內心溫暖的人，而且光看他照護著懷孕的貓咪，就可以知道他是個熱心溫暖的人。

「貓咪是不是懷孕了呀，太可愛了。」

「那是肥肉。」

「……」

「好的，剛剛完成入住囉，您的房間是二〇一號房。考量到貴賓您的心理狀態正在經歷巨大變動，為了助您找回心靈的安定，因此為您安排低樓層。如同信件中所寫，溫泉、甜點、咖啡跟自助吧都是四十八小時無限制使用。其中溫泉的男湯在二樓、女湯在三樓，故男性貴賓的更衣室在二樓、女性貴賓的更衣室在三樓。若要去後院，請利用一樓的後門，謝謝。後院裡有一株三百六十五天全年都花朵盛開的杏桃樹，它僅生長於我們飯店，把握機會去那邊欣賞它，亦有助於轉換心情。我們飯店還會利用它在夏天結的果實製作杏桃果醬，如果您感興趣，也歡迎隨時告訴我。此外，請注意後院在午夜十二點後是禁止人員出入的。這邊給您電梯及客房的鑰匙，那麼，祝您有個美好的夜晚。」

經理打開了木質的櫃子，裡頭插著掛了鑰匙的木樁，他拿出了數字201下方的鑰匙後再遞向我。青銅製的鑰匙很像中世紀所使用的物件，上面另有一個幸運草的掛飾。

經理響了三次鈴後，突然有一名老爺爺不知從何處登場，他頭上反戴著門僮帽、手裡推著行李推車。

「讓Mister WOO～幫您搬運行李吧。」

「不用不用，沒關係的……」

我雖以包包很輕為由推辭，我的意見卻被徹底忽略。名叫Mr. WOO的禹老爺爺從我的肩膀上強行拿走了包包，再將其放入推車中。把自己的行李交付給老先生後，我雖感到抱歉，也因為少了包包的重量而輕鬆許多。就在剎那間，我的肚子咕嚕咕嚕地響了起來。看看腕上的手錶，已經來到傍晚六點了。「經理說四十八小時內咖啡跟甜點都是免費的對吧……」我環視了周遭，發現左手邊有一間小小的咖啡廳，而且咖啡廳的入口處陳列了讓人光看便垂涎欲滴的可麗露。餐盤旁邊，立著大字的商品介紹，寫著：「吃下一口『能量恢復可麗露』，就能為您消除一日的疲倦。」店內有八種口味的可麗露，包含經典原味、海鹽焦糖、伯爵茶、核桃、椰子、無花果、藍莓跟杏桃等，其中杏桃口味可麗露前面標示著「已售完」。

總不可能吃個可麗露就變種成怪物吧？

我端著餐盤，用夾子從陳列區夾了原味的可麗露，本來我也想嚐嚐看杏桃口味，只可惜它已經銷售一空，這應該也代表它很受歡迎。我走到櫃檯前，胸前名牌上寫著「崔載熙」的一位男性店員要求我出示邀請函，他看起來比我還稚嫩。我給店員看邀請函，又順道點了一杯楓糖拿鐵。店員告知我需稍候五分鐘左右，並開始沖泡咖啡，而在等待期間，我便坐在位子上享用了可麗露，食物真的好吃到彷彿全身疲勞皆消。

咖啡廳裡沒有任何其他的客人，看似是大家都不出房間了吧。正當有一對情侶推門走進了飯店，店員便對我說：「來，為您送上您點的咖啡。」

我手裡端著咖啡，坐電梯上了二樓。出電梯後，我確認了一下房號。一層樓總共只有四間客房，所以不會混淆，我很輕易地就找到房間。插鑰匙開房門後，進入房內的我立刻目瞪口呆，房間四處都擺設了古色古香的花紋陶瓷，還放了一張超大尺寸的床鋪。而拉開蕾絲的窗簾，放眼望去就是開闊的天空、下方是種著杏桃樹的後院，這裡的景色比我想像的要優秀許多。

竟然可以免費住在這種地方。

這好像是一場大夢。

而看到浴室的瞬間，我的嘴裡不禁發出了讚嘆的聲音，那彷彿是電視劇中才會出現的華麗浴缸，飯店還提供了泡泡入浴劑，從香皂到盥洗用品也都是高級的品牌。當下，過去四年來身為待業者所受到的委屈好似一下子得到了補償。

褪下被汗水浸濕的T恤和牛仔褲、並將它們扔到床上後，我把水龍頭轉到最大、在浴缸放出熱水。我身穿浴袍，坐在單人小沙發上望向窗外、一邊等待著熱水裝滿。

我聽水聲推測浴缸已經裝滿水後，先是脫掉了浴袍、再把一隻腳浸在浴缸中。啊……真好，感覺全身的疲勞都煙消雲散。我接著將另一隻腳也泡入水中，緩緩地在浴缸裡坐下。

手機震動聲響，是從丟在地上的浴袍口袋裡傳來的，我展現自己的絕技，將一條腿伸出浴缸外、再用兩個腳趾頭夾住了手機。

「妳人在哪裡？快接電話吧。」

是俊昊。就連父母都不會找我，我男朋友卻沒有忘記聯繫我，不愧是我最貼心的男友。本想回覆「我人在飯店」，結果我陷入了苦惱——女朋友說自己人在飯店，若非神智不清，世上會有哪個男子能安心呢？

正當我思索著該如何回覆時，手機再次震動了。

「妳應該沒有生氣吧？等妳生日的時候，我們再去吃好吃的吧。」

「嗯。我沒生氣。恭喜你找到工作了。」

回覆完畢後，我把手機扔在浴袍上。到了此刻，我開始深深意識到我和男友之間的關係亮起了紅燈。我們絕對不可能再回到從前那樣了，即使這或許是源於我的自卑情結，但，那也沒辦法，我還在原地踏步，而男友已經通過了企業公開甄選的考驗。

我走的這條路是正確的嗎？

仔細想想，我從沒有認認真真考慮過自己究竟想做什麼。我是否懷有世間人們所說的夢想？要如何才能稱上過著好日子？人又為什麼要追求成功？一直以來，我都沒有足夠的餘裕去思考這些。上大學，只是因為「該」讀大學，既然畢業了，那就該去找工作，不過為什麼偏偏是大企業？我為何要一直以大企業為目標呢？

我腦中突然開始浮現了一個個問號，接著得出結論，對，原因終究只有那麼一個。

為了得到父母的愛。

愛是那麼微不足道又價值連城，為了得到它，我一直以來都在奮力追求、跑到腳趾都要斷了。

一瞬間，奪眶而出的眼淚滴滴落下，我的父母並不愛我。小時候，他們疼愛著我，說著女兒是世上最可愛的存在，然而，不知從何時起，我成了令人蒙羞的子女。雖然他們不曾這麼說過，但我內心知曉——我的父母想要的是一位在大企業上班的女兒、能堂堂正正地向別人炫耀的女兒。

我將身上的泡沫沖乾淨，再拾起褪下的衣物一一穿好，接著躺回床上，連被子都沒蓋就睡著了。我不確定自己到底睡了多久，下次睜眼一看，便是凌晨一點十分了，好久沒有睡得這麼沉，也是難得沒有做夢。既然已經睡了這麼久，感覺暫時是難再入眠。

要不要乾脆去後院散散步再回來呢？

我將飯店的規定忘得一乾二淨，離開了客房。

§

或許因為正值凌晨，後院裡沒有任何人，加上照明燈全都關閉了，所以也看不清前方。

就在這時，杏樹那個方向傳來了嘈雜窸窣的聲音。我趕緊躲在噴泉後方偷看，同時，隱身在樹影下的人似乎正在移動。

「五十年來第一次出現這種情況。」

一聽到那個人聲，我立刻就能辨識出聲音的主人是飯店經理。

這麼晚了還在後院做什麼呢？

「你已經負責這家飯店這麼久了嗎？」

這次換另一位男性開口說話了，聲音聽起來不像是我認識的人。

「如果再算上成為經理前在這裡實習的時間，那麼準確來說，我已經工作六十九年又兩個月了。我叫了水電工，大概一個小時後會到吧。得盡量避免打擾到客人才行。怎麼偏偏是我在的時候發生這種事呢！」

「那個型號已經年代久遠，一個接一個故障也是在所難免呀。我們飯店也需要重新裝修了。」

「阿爾梅蒂亞，馬上就要白露了。晚上逐漸開始颳起涼風，過不久葉子便會結露珠的。在舉行感謝祭之前，我可不想惹麻煩。」

「噓！隔牆有耳。」

「說什麼話呢。現在是禁止出入的時間，哪會有其他人。」

我壓低身子、屏住呼吸環視四周，過一會兒再看向那個地方的時候，他們已經不見蹤跡。

剛才，經理分明稱呼對方為阿爾梅蒂亞。

然而，這事情不可能發生。據我所知，只有那隻在飯店前檯睡了一整天的橘色虎斑貓名叫阿爾梅蒂亞，但貓咪怎麼可能會講人話。

稍早說馬上就要ㄅㄞˊㄌㄨˋ又是什麼意思？所指的是鳥類白鷺嗎？

也許同音字還有其他我不知道的詞義，以防萬一，我拿出手機輸入了「ㄅㄞˊㄌㄨˋ」檢索，螢幕上顯示了我過去不知道的資訊。

白露：二十四節氣中的第十五個節氣。白露約在陽曆九月九日左右，象徵正式入秋。白露二字指涉白色的露水，約略從此時開始，夜間的氣溫會降至露點以

下，使葉子或其他物體上結露珠。

看下來我想起了剛才經理提及的露水跟感恩祭，似乎在白露時分，飯店將會舉行重要的祭典。

趕在經理回來以前，我加緊腳步走回飯店內，直到進房關上門時，加速的心跳也未立即緩和下來。就在此刻，男友俊昊打電話來了。

「喂？妳怎麼沒來便利商店？妳現在人在哪裡？老闆說妳身體不舒服？」

「嗯，我可能感冒了吧，現在在我爸媽家這邊休息。」

「啊，原來如此……」

俊昊沒開口說要去那邊找我。接著是尷尬的寂靜。我問他是不是有什麼話要說才打電話找我，他先回「沒……沒什麼大不了的」後，猶豫了一下才說明自己的來意：「妳生日那天啊，同期入職的新同事要聚餐……畢竟那是大家第一次互相認識的場合，感覺不太能不去……所以說，我們可以改天再慶生嗎……？」我立刻掌握了整個情況，大半夜我的男朋友打電話找我，就只為了提出這種請求。

「嗯，好吧。去好好聚餐吧。」

「謝啦。謝謝妳的體諒，果然我的女朋友是天使！」

「我媽在叫我，先掛囉。」

嘟。隨著電話掛斷的聲音響起，我與男友的關係也宣告到此為止。我傳了訊息，要他重新思考一下我們的關係，此後我既沒有收到回覆、也再沒有電話打過來。結果還是演變到這地步。雖然我不想哭，但眼淚仍在眼眶裡打轉。我曾經想當個好人，然而，我不可能在所有人的眼中都是好人。與俊昊的關係也是如此，有一段時間，我們對彼此而言都是對的人，但如今境遇不同了，即使我們仍在交往，隨著我們相通的部分逐漸消失，總有一天，我們將不再感到幸福。

為了平復心情，我拿起遙控器，想著看電視應該可以讓情緒穩定下來。我切換幾個頻道後，螢幕突然呈現黑屏狀態，在畫面正中央，出現白色字體的頻道介紹。

〈未來頻道〉

您能選擇看見本人、家人或熟人的未來。

（注意：膽小者慎入！）

請問您想要收看嗎？

是／否

未來頻道？這意思是我可以看到自己的未來嗎？

我猶豫了幾秒鐘後，按下了按鈕「是」，一方面我很好奇自己的將來如何，另一方面，也是我認為不管未來如何，大概都不會比現在更糟糕。

畫面隨著滋滋滋的聲響一齊晃動，接著跳出了便利商店的影像，無論從位置或以名字來判斷，那都是我工作的那家便利商店。外頭大雪紛飛之際，便利商店的玻璃門開了，接著有一個人從裡頭走出來。看到面孔的那瞬間，我嚇得瞠目結舌。身穿著黑色長羽絨服、雙手合十呼呼哈氣的人正是我本人。那顯然是我沒有印象的場面，那麼，這個頻道真的是在展示未來嗎？

未來的我從便利商店走出來後，正站在十字路口的斑馬線前等紅綠燈，且在等紅燈轉為綠燈期間，她屢屢打了哈欠、甚至睏得連番打盹，一旁則有清潔工大叔和外送員經過。本來總會有俊昊在便利商店門口等我，然而依照畫面上的情形來看，這大概是和男朋友分手之後吧。

交通號誌轉換為綠燈。那個未來的我即使打著瞌睡也還知道燈號變了，於是準備邁步過斑馬線。就在那個瞬間，原打算右轉的卡車高速駛離道路、直直衝向便利商店，而我還站在原地。

轉瞬間發生的事故嚇我一大跳，遙控器也從我手中掉落。

畫面切換到殯儀館。遺像前方擺放了菊花，照片裡的我燦爛地微笑著。前來弔唁的人們身穿黑色衣服，並在遺像前燒香行禮。我還看到了正在流淚的惠珠、以及在一旁安慰惠珠的俊昊。媽媽好似隨時都可能暈倒，癱坐在地板上崩潰吶喊，站在媽媽的身後爸爸則低下了頭。姐姐緊緊環抱媽媽一起哭泣，而哥哥亦滿臉憂傷地站著迎接弔唁者。

畫面到此結束，我拿起遙控器關掉了電視。

我最終還是以待業者的身分結束了生命呀。

雖然我死亡的事實本身相當令人震驚，不過，我的死訊能帶給父母及哥哥姐姐這麼大的傷痛，也頗令人驚訝。因為我一直以為，即使哪天我突然去世，我的家人們也不會因此感到悲傷。是我誤會了他們。就算這女兒、這妹妹一直找不到工作，我們仍是彼此在世界上獨一無二的珍貴家人。

褲子口袋傳來震動，我深呼吸一口氣、目不轉睛地盯著螢幕——這是近四年來媽媽第一次打電話給我。我先「喂」了一聲，接著便可以聽到媽媽叫了聲「由美啊？」

「妳現在人在哪裡？身體都還好吧？有哪裡受傷嗎？」

不知道是發生什麼事，媽媽的聲音聽上去有點焦急。

「嗯，我沒事。怎麼了嗎？」

媽媽說著「老公，由美說她沒事」的同時開始大聲痛哭。這是我第一次感受到媽媽哭的狀態，所以我也大吃一驚。

「媽媽妳現在在哭嗎？」

「我剛剛從新聞得知……有一輛很大的卡車直直衝進妳工作的那家便利商店，我心臟實在是跳得太厲害了……照平常來說，現在差不多是妳在上班的時間嘛……怕妳有個三長兩短，不知道妳爸爸和我心裡有多著急。」

卡車衝進便利商店？媽媽所描述的，正與〈未來頻道〉的場面如出一轍，只差季節不一樣而已。如果我今天人沒有來這家飯店，搞不好我今天晚上就死了，光想到這裡，雞皮疙瘩便順著脊椎蔓延到了全身。

「由美呀，現在回家住吧。找工作不順、什麼都做不好也沒關係的，就算妳找不到工作，對我們而言，妳永遠都是寶貝女兒，我們只要有妳在就夠了。」

我一邊點了點頭，一邊嘴上回著「嗯……好，我會的」。我要是說出我很想念他們，眼淚大概就會流到難以控制。我說著會再聯絡他們，隨後便掛斷了電話。我感受到心中一陣酸楚，並覺得來這趟飯店是再正確不過的選擇了。

就在這時，飯店裡的客房電話突然響起，我嚇得差點尖叫出聲。待受到驚嚇的心稍微冷靜下來後，我接起了電話。

「喂，您好？」

「您好，我是飯店經理金滿郁，針對稍早突如其來地停電兩小時，在此向貴賓致歉。水電工馬上就會到現場處理，再請您稍候片刻，謝謝。這期間應該沒有太大的異樣吧？」

「您說停電了？但是到剛才為止電視都還開著呢。」

「親愛的貴賓，很抱歉讓您失望，但絕對不可能發生這種事情的，因為從十二點到現在，整間飯店都處於斷電的狀態。」

經理的話令人難以置信。那麼我剛剛看到的是什麼？

「相信您應該在休息，非常抱歉打擾到您了。退房時間是上午十一點，祝您到退房前還能好好歇息。」

經理掛斷了飯店的內部電話，此後的好幾分鐘，我仍僵在原地。自從踏入這間飯店以來，實在有太多神奇的事情接連發生了。

§

「請問昨晚休息得還舒服嗎？」經理朝氣蓬勃地向我打招呼。

我點了點頭。照平時，面對未來的那份茫然與不安，老使我徹夜難眠，不過奇妙的是，在這間飯店裡，我只要躺到床上就能沉沉睡去。且即使今夜凌晨發生了騷動，我也沒有因此感到恐懼而做惡夢。

「現在的您仍會害怕失敗嗎？」經理凝視著我如此問道。我回答了「是的」。

「失敗也沒關係啊，每個人都會有失敗的經驗。重要的是那之後，自己要能全然擁抱失敗的自己，才足以成為真正幸福的人。我希望您能獲得幸福，我也相信您可以變得幸福。」

這段話彷彿在告訴我——我是個有資格活著的人。得到安慰後，我心癢難搔。我反覆品味他所說的話，裡頭沒有一句錯誤虛假。直至此刻，我從來沒有好好愛過自己，我討厭那個總是失敗的自己，為自己感到可悲的同時，又會埋怨我的父母親不愛我。然而，如果從根本改變我自己的想法，一切便會發生變化，因為，要別人愛我之前，首先我要學會愛自己。如今，我多了份自信心，好似任何事情都能達成。

「麻煩您的頭轉過來這邊一下。」

經理無預警地突然用雙手捧著我的臉，接著施力轉向自己那邊，使我的臉紅得燒燙。就在我正暗自讚嘆著「近看長得更帥了」時，他盤起了我的頭髮，再將小鏡子伸到我眼前——鏡子映出了戴著花髮夾的我。

「把翹起來的頭髮盤起來，是不是看起來比較乾淨俐落一些？」

「確實是呢。」

「您要退房了嗎？」

「是的，再麻煩您了。」

經理開始在筆記型電腦上敲敲打打，接著眉頭緊皺，好像是有哪個程序無法正常處理。

「我估計還需要一點時間，您方便在大廳附近晃一下嗎？」

在經理處理退房期間，我按照他的建議參觀了飯店大廳，在經過堆得像金字塔的杏桃果醬後，可見一片巨大的木板掛著紙符，上頭又以毛筆字書寫著不同的類別——其中包含「求職」、「金榜題名」、「婚姻」、「健康」及「生育」等。

要買一個看看嗎？

我選了其中最吸引我的「求職」。

「哎呀，您選了『求職』呀！這選擇非常明智。」

我嚇了一大跳，經理突然從旁搭話，又看著我露出神秘的微笑。

「據說，只要把護身符戴在身上，全心全意地許下願望，您的願望就會實現。如何？光是手裡拿著它，不覺得自己馬上就能找到工作嗎？」

「應……應該吧……」

「找工作的時候好好考慮清楚喔，是要走出自己的路，還是要選擇世界期待妳走的路。」

那正是我苦惱了四年的問題。經理仔細觀察我的神情，接著偷偷地笑了笑。

「還是您要來我們的飯店工作呢？」

「什麼？在這家飯店？」

「您喜歡可麗露吧？難道不想要做自己喜歡的事情嗎？」

我點了點頭。

「每個月三百萬韓幣，月薪會準確地在每月二十五日入帳。工作時間為早上八點到晚上六點，工作內容是烘焙及前檯事務，烘焙簡單來說就是製作可麗露即可，並在我忙不過來的時候，幫我處理客人的入住跟退房手續。固休每週二跟週

四、無償提供正餐及飲料，此外的福利呢，還包含每月可以下榻本飯店一晚。您覺得如何？要不要嘗試看看呢？」

「我當然覺得不錯……但我沒有相關證照可以嗎？」

「完全沒有問題。我們不計較性別、年齡、婚姻狀態的。」

「也不用另外再考筆試或面試嗎？」

「剛才那就是面試了，這才稱得上真正公開透明的甄選吧。」

我雖摸不著頭緒，卻也沒什麼理由好拒絕的。他的說話方式有微妙的說服力，使人難以拒其於外。我點了點頭，經理臉上掛起燦爛的笑容，再一把抓住了我的手。

「歡迎您入職達爾葳妮大飯店！Dalwhinnie在蘇格蘭語中的字意是『相遇之地』，也就是在此地結緣的意思。我們的相遇，不也是一種緣分嗎？」

「是……好像是這麼一回事呢。」

他將我帶到咖啡廳那邊，沒頭沒尾就要我向另一位男店員打聲招呼。不過那店員彷彿很是瞭解他的個性，面色不露一絲驚訝，而只是向著我親切地打招呼。

「我的名字叫做崔載熙，今年二十三歲，請多指教。」

「我是今天入職工作的車由美，今年二十七歲，再煩請多多關照。」

我也不由自主地介紹了自己，回過神來似乎為時已晚，且不知為何，我的心開始怦怦直跳。

「由美小姐，您好像也被滿郁經理推銷到了。」載熙朝著我低聲耳語，而經理則是從剛剛開始就一直笑嘻嘻的。

「妳不覺得很神奇嗎？一戴上護身符，這不就立刻找到工作了嗎？」一旁的經理不知有什麼開心事，而用這亢奮的聲音說道。

經歷這些後，我開始在達爾葳妮大飯店工作。雖無從得知今後我的人生會如何開展，但不覺有任何一絲擔心。

我決定要好好愛自己。

我不會再逃跑了，無論是迎接失敗、或要面對未來，我都不會逃避的。

第三章

需要休息

現在，我們人來到了飯店裡的咖啡廳，咖啡廳的店名是「Secret」，復古風的小小咖啡廳裡，販售著八種口味的可麗露與五款咖啡，裡頭的女員工正在認真地烘烤可麗露，男員工則負責手沖咖啡。路亞在繪有蕾絲花紋的餐盤裡，按不同口味盛裝數個可麗露，同時，我點了兩杯雙倍濃縮咖啡。接著路亞相中窗邊的位置安頓了下來，之所以會在眾多的座位中，選擇坐在光線明媚的窗邊，大概是因為室內有些昏暗。包括我們在內，這家飯店只有六位投宿的客人，這以飯店的規模來說算是相當少，且看到大家都盡全力避免與他人對視，可猜想人們似乎都有著不想被他人知道的故事。

「這邊是您點的咖啡。請小心燙喲。」我雙手各拿著一杯咖啡，朝著路亞的方向走去、並在他對面的位置坐下。路亞喝下熱騰騰的咖啡後，肩膀瑟瑟地顫抖了一番。

「嘔，這果然不對我的胃口。」

「所以我當初叫你點你自己想喝的品項，你那時候就該聽我的話，而不是現在發牢騷。」

「到底為什麼有人會喜歡這種飲料呀？妳說雙倍濃縮叫做Doppio對吧？感覺很像在喝泥土耶。」

「我就是為了那個苦味才喝的耶。這就是所謂『大人的味道』呀，小傢伙。」

「這完全是所謂的『怪癖』才對。」路亞用舌頭嘖嘖了幾聲。

我不顧他說什麼話，斜著馬克杯嚐了一口熱乎乎的雙倍濃縮咖啡。我點的雙倍濃縮，顧名思義是加了兩份義式濃縮所製成的咖啡，味道濃烈，不太能喝咖啡的路亞肯定難以接受。

「我得重新買一杯『小孩子的咖啡』了。我要再去點寶貝奇諾。」

「這就對了，親愛的小孩子。」

全然不顧我的調侃，路亞依然走向男店員那邊，點了一杯寶貝奇諾，也就是灑了可可粉的熱牛奶。當男性職員要求他出示邀請函時，路亞似是已經等待這個時刻許久，即刻得意洋洋地從褲子口袋裡掏出了卡片。邀請函是一張畫有黃金鑰匙的卡片，只要出示卡片，這四十八小時內便能盡情地享用這裡的咖啡與可麗露。

「因城市的紛擾與日常生活而感到身心俱疲的你，需要的是香甜的可麗露、一杯咖啡，還有溫軟的床被。」

邀請函連同一張卡片被裝進了信封裡。

上個星期一，我收到了一份可疑的信件。李子色的信封上綁著金黃色蝴蝶結，且上頭的收件人寫的不只是我的名字，還加上了路亞的大名。

封面寫著「收信人—娜妃女士與路亞先生　鈞啟」，我一度以為會是認識我們兩個人的人寄來的，殊不知寄件者卻是一個從未聽聞過的陌生人。

「達爾葳妮大飯店經理金滿郁敬上」

這會是誰呢？我真的完全沒聽過這個姓名。無論是親戚或是媽媽的友人之中，我都不曾聽說有人叫這個名字，況且我們和親戚們也好久沒有聯絡了，媽媽與原生家庭已視同陌路。別說是知曉她人住在哪裡、日子過得如何，他們根本連媽媽的聯絡方式都不知道，所以斷絕聯繫也是再理所當然不過。

話又說回來，達爾葳妮大飯店在哪裡呀？信封上寫的地址是「首爾特別市中區素月路三〇．五號」，既不是三〇號也不是三一號，而竟然是三〇．五號？世界上有存在這種地方嗎？我嘗試用手機搜尋了一下，但果不其然沒有任何相關資訊，這封信，怎麼看都非常可疑——即使十分清楚這一點，我仍不禁心生好奇。我像是被下咒的人一般，已經著手撕開信封，裡面附了一張卡片和兩張邀請函，卡片上如此寫道：

誠摯邀請敬愛的貴賓。
厭倦日常生活的您，
需要的是香甜的可麗露、一杯咖啡，
還有鬆軟的床被。
收到本函的貴賓不僅可以留宿兩天一夜，

我們還將免費提供四十八小時不打烊的溫泉、甜點、咖啡跟自助吧。

誠心祝福諸位，能心無旁騖地在此歇息。

—達爾葳妮大飯店經理金滿郁敬上—

路亞喊聲「妳有在聽我講話嗎？」我才迷糊地睜開雙眼說：「欸抱歉，你剛剛說什麼？」眼前的路亞，左右手各拿著一個杏桃口味的可麗露，果然是個看到甜食就會失去理性的男人。

「杏桃的英文是Peach嗎？」

「Peach是桃子。」

「啊，對。要不然是叫Apeach嗎？」

「那是卡通人物的名字[2]。杏桃的英文是Abricot。」

「喔厚厚，不愧是全校第一喔。」嘴裡咬著可麗露的路亞，向我豎起了大拇

2. 韓國Kakao集團所出品的Kakao Friends系列貼圖中，有一個神似桃子的角色，名為Apeach。

指。啊呼，倦意襲來，我只想立刻全身浸在溫泉水裡。

「我們登記入住後，先去整理行李吧。」

「要不我們先泡溫泉如何？聽說這家飯店有溫泉耶。」

路亞不冷不熱地回道：「是天然的溫泉水源嗎？如果不是天然的，我就普普通通耶。」

話雖如此，但他顯然頗感興趣。因為自抵達飯店以來，路亞一路擺臉色鬧彆扭，而溫泉卻讓他的嘴角第一次上揚。

既然來到溫泉旅館，那麼肯定是要洗溫泉浴了。雖然不能和路亞一起進去泡湯有些令人遺憾，但我想，人都來了，不如就去邊享受露天浴池邊欣賞夜景吧。怎麼偏偏我唯一的手足是個男兒身呢？我無緣無故地埋怨起路亞。不過從他的表情來看，他似乎也和我有類似的想法，若將那份興奮與滿足比喻成一塊麻糬，那麼我們心中的遺憾之情，大概就像麻糬上的白粉一樣沾在其外吧。

離開咖啡廳後，我們走向了飯店的大廳。

服務臺有一隻橘色虎斑貓，貓咪睡得很沉，好似揹著牠離開牠都不會察覺。牠的項圈上刻有「阿爾梅蒂亞」一行字，旁邊還站著一名穿著燕尾服的服務人員，他的瀏海往同一邊梳，左胸口袋上插著連枝的胸花。這位男子目測三十多歲，全身散發神秘的氣場，手握著鋼筆，認真地在筆記本上寫字，不知道寫得多麼入神，即使我們湊上前，也絲毫沒有察覺我們的存在。於是我敲響了他前方的服務鈴。

「親愛的貴賓，不好意思，那個鈴是我呼叫員工時使用的鈴。」

這時，男子才看著我們鄭重地說道。

「您好。歡迎光臨達爾葳妮飯店！」他泰然自若地微微笑，向我們問好道。

「啊，您好……貓咪長得太可愛了……請問牠是懷孕了嗎？」

「那是肥肉。」

「啊哈哈……」

他老練地接著問：「請問貴賓是第一次來訪我們飯店嗎？」他的胸前別著名牌——「經理 金滿郁」，看到那名字的瞬間，我大吃一驚，我想都沒想過金滿郁會是個男人。這個人就是金滿郁嗎？他就是寄信將我們引到此地的人物？

「我們其實……是因為收到了這封郵件……」我們出示住宿邀請函，他仔細地端詳一番後，又露出游刃有餘的笑容。

「這確實是我寄出的信件，就是這裡沒錯。兩位來的路上有迷路嗎？」

我搖了搖頭，雖然我也以為我們會迷路，畢竟誰能想像，在一個網路上搜索不到的地址上會有間飯店呢？儘管如此，我們還是收拾好行李，不管三七二十一地離開了家。要是再不離家，我們似乎都快撐不下去了，無論是路亞還是我自己皆然。

依照谷歌地圖的指示持續移動，素月路三〇及三一號之間，不可思議地真的有一間飯店，入口處豎立著告示牌：「歡迎光臨達爾葳妮飯店，大廳在您的右手邊。」

「我是本飯店的飯店經理金滿郁，請務必妥善保管邀請函，在這裡，遺失邀請函就等同於失去了鑰匙。若沒有鑰匙，就算您找到出口，也無法開門離開。」

我和路亞看了看彼此，路亞的眼神猶如說著：「這大叔的髮型感覺有點詭異」，害我差點要忍不住笑出聲來。

「跟您確認以下幾個資訊。請問兩位都是成年人嗎？」

「我們兩個人都未滿十八……」聽到我的回答，經理似乎感到非常震驚，他啪啪地敲打著自己的筆記型電腦，接著面色一沉，好像意識到哪裡不對勁。

「可能是我們電腦作業出了點差錯。原則上未成年人不能單獨住宿，但既然兩位已經收到邀請函……這是我的失誤，但也許……趁阿爾梅蒂亞在睡覺期間，我可以悄悄『偷天換日』一番……能麻煩兩位暫時轉過頭嗎？」

「啊，好的……這樣可以嗎？」

路亞與我四目相交，我們又分別迅速地轉向另一邊。我們持續維持那個姿勢，直到他說「現在搞定了」為止。

經理忙碌地敲擊鍵盤，似是在處理些什麼事情。

「好了，其實方法很簡單，只要更換年齡數字就好。那我們就繼續確認個人資料吧，這位美女是李娜妃小姐，這位長得比較放肆的男士是李路亞先生，對嗎？」

「您說美女嗎？說誰呀……噗！」

「是的沒錯。」

我用手捂住路亞的嘴，阻止他再亂說些奇怪的話，經理好像覺得我們看起來很可愛。

「兩位是家人嗎？」

「……」

「好的收到。家庭關係，不明確。」經理又反覆敲打筆記型電腦，接著用手掌按壓了三次鈴。此後，一名頭戴門僮帽的老爺爺，不知從何處推著推車登場。他的左胸上亦佩戴著跟經理款式相同的名牌，他的名字是「Mr. WOO」。

「讓Mister WOO～幫您搬運行李吧。」我們的行李應該頗有重量，禹老爺爺卻能不費吹灰之力地將包包提起來、再放上行李推車，他的腕力想必非常驚人。

「好的，剛剛完成入住程序囉，兩位的房間是三〇二號房。為了增進兩人的感情，這邊幫你們安排的是公寓式家庭房。如同信件所寫道，溫泉、甜點、咖啡跟自助吧都是四十八小時無限制使用。其中溫泉的男湯在二樓、女湯在三樓，故男性貴賓的更衣室在二樓、女性貴賓的更衣室在三樓。若要去後院，請利用一樓的後門，謝謝。後院裡有一株三百六十五天全年都花朵盛開的杏樹，它僅生長於我們飯店，把握機會去那邊欣賞它，亦有助於轉換心情。我們飯店還會利用它在夏天結的果實製作杏桃果醬，如果兩位感興趣，也歡迎隨時告訴我。此外，請注意後院在午夜十二點後是禁止人員出入的。電梯及客房的鑰匙交給兩位，那麼，祝你們有個美好的夜晚。」

經理打開了木質的櫃子、裡頭插著掛了鑰匙的木樁，他拿出了數字302下方的鑰匙、再遞向我們。沉重的青銅製鑰匙被漆成金黃色，上面另有一個幸運草的掛飾。我想著「這總不可能是真的黃金做的吧」，一邊將其插入斜背包夾層的深處，以免遺失了鑰匙。

「怎麼會有花能一年四季都盛開呢？」

路亞突然自言自語地說道。經理再次露出了讓人捉摸不透的微笑，接著彷彿要對他悄悄話似的彎下了腰，他的臉一湊近，更讓人覺得很有壓力。

「那棵樹從數千年前存活至今，我們也無從得知魔法般的秘訣為何。不過可以肯定的是，它永不枯萎，所以也有貴賓是專程前來看杏桃樹的呢。尤其有些人呢，失去了珍貴的對象或物件，更會渴望看著永恆的東西，藉此得到安慰。」

經理分別看了看我們兩人，露出了意味深長的微笑。

「姐姐和弟弟長得真像呀。」

我嘆了口氣。我不能理解為什麼，在外頭遇到的人總把路亞認成弟弟，我看起來有那麼老嗎？儘管心裡很不是滋味，但或許現在我也該學習接受？

「他不是弟弟。我們是同父異母的兄妹。」

聽我平鋪直述地解釋，經理雙眼瞪得像兔子一樣。

「這不就是那個……兩位的關係應該還行吧？不可以相互討厭耶……偉大的名作家托爾斯泰曾說：『樹木不會自己伸手折枝，但人們會因嗔恨而向著最親近的人拔刀』……我們贈上手工製作的杏桃果醬樣品給您們嚐嚐，還請您們好好享用，然後不要互相討厭呀～」

「啊好，謝謝您。」

我一邊將果醬收進包包裡，一邊對路亞說：「走吧」。

「請仔細擦乾身體，以免在走廊上邊走邊滴水呦～」

路亞的表情一副覺得這裡的一切都很奇妙有趣。不過再回頭時，經理已經不知不覺消失了。

「我就說吧？地球上沒有任何人會把我們認成雙胞胎。」

路亞的話一出，我也點頭表示同意。

「事到如今，我懷疑連外星人都不相信我們是兄妹了。」

「妳乾脆說我是妳的男朋友算了，反正妳也沒交男朋友嘛？」

「什麼鬼話，我有男朋友好嗎？」

「妳別說謊了。」

「你才別鬧了吧，明明有女朋友還說這種話，你都不會覺得對不起她嗎？」

「女朋友？誰啊？」聽這真心不知情的語氣，我徹底感到無言。

「你手機裡存的那～些女人啊。」

「啊，她們喔？她們不是我的女朋友呀。」路亞若無其事地說道。

「花心大渣男。」

「要同時跟好幾個人交往才是渣男吧，我就說我沒跟任何一個人正式交往。單、身。母胎單身。我跟她們只是朋友關係，但妳也知道，我的人氣也是挺驚人的嘛，所以呀，真的特別累。啊，對耶，妳不會懂那種感覺的。」話聲剛落，他對我笑了幾聲，又擺弄出討人厭的表情。

「才不是咧，我也知道那種感覺啊！」——雖然我也想這麼回擊，但那畢竟不是事實，再辯下去只有我的心更加遍體鱗傷，故即使感到氣憤不甘，我也只能咬牙閉嘴。

「會怎樣嗎？不管人家把我們兄妹倆看作情侶還是朋友，我都覺得無所謂，反正我們以前就是陌生人而已呀，什麼關係都不是。」

「我覺得有關係啊！」

我也不確定我的音量有多大，但從路亞的面容徹底僵硬來看，我應該是喊得挺大聲的。搭著電梯上二樓的期間，我們沒人開口說話，那片刻是何其駭人，我和那男孩彷彿突然變得尷尬又彆扭，而也許這就是我們最真實的距離吧。我就是不喜歡這種感覺、不喜歡這種氣氛，所以才從家裡出來的。

結果到這裡情況又變得糟糕了，而且我就是搞砸一切的人。

「洗澡時間抓大概一個半小時應該很夠吧？」

抵達二樓、電梯門開啟的瞬間我問道。

「不夠不夠，少說也要兩小時吧。」

我本想追問大男生洗個澡為什麼會需要兩小時，但後來也就作罷。今天也算是為了他出門的日子，我得退讓才行。

於是我們相約兩小時後再見，便原地解散。

§

女生的更衣室位於三樓，脫光衣服的我心裡不免有些彆扭，一步步踏著濕漉漉的階梯上樓。

室內浴池裡共有三個人，這大概正是晚上十點該有的光景。我穿越狹窄到不行的浴池，接著走到了外頭。剛剛的室內浴池既狹窄又完全不會勾起人的興致，不過與之不同的是，露天的浴池則非常優秀，優秀到不禁讓人感嘆自己人生沒有白活。竹影婆娑，透過竹林間的縫隙，可以欣賞被皚皚白雪覆蓋的山頭，紫色的燈光縈繞，營造出的氛圍甚是奇妙。

我極其緩慢地將身體浸入溫泉裡。水波蕩漾，熱水順著我的軀體流動，下方的水熱、上方的水則冷些。我感受到渾身的細胞都得到舒緩，彷彿近來自己的不幸跟痛苦都不曾存在。我於是將昨日的事情從腦海中推開，並沉浸在當下的悸動。

我喜歡任何溫溫熱熱的物品，最好是燙到心臟會刺痛的程度更棒，溫度越高，我越是覺得心暖祥和。所以，即使是炎炎夏日，我也不會喝冰咖啡，而堅持點熱的咖啡。比起玻璃杯，我更喜歡馬克杯、比起海水浴場更享受泡溫泉、比起冷麵，我覺得溫溫熱熱的麵更能讓我感受到平靜。

且在所有溫熱的物件中，我尤其喜歡咖啡和棉被。

我最喜歡的物品是溫軟的棉被，然而很奇妙的是，被子的溫暖從來不會使人厭倦——最好是能在裡頭塞入光亮奪目的雪白棉花，層層堆疊成厚重的被子，在寒冷的冬日裡，我光是看著那沉甸甸的被子，就覺得很是欣慰滿足。

過度沉浸在傷感之中，我不由自主地哼起了歌。

「啊，真是怪了。怎麼會這樣……」

我的頭感受到一陣暈眩，眼淚傾瀉而下，淚珠啪嗒啪嗒地滴落在溫泉上，我一度以為那是竹葉上的露珠墜落，沒想到是我自己在流淚，我也甚感訝異。

我做夢也沒想到自己會像個傻瓜一樣無法停止哭泣，雖說我依稀猜想著總會有這一天，殊不知這一天來得如此快。

「我不要！我知道妳在騙我，水明明就很燙！」

遠處有一位年輕女性手牽著一名約莫五歲左右的女孩。兩人來到了露天浴池，女孩卻從剛剛開始便不停耍賴，表明自己不想泡湯。那女孩的額頭微微凸起、臉蛋也圓鼓鼓的，長得像個洋娃娃一樣。哎呀呀，這小孩看起來很特別，身高還不及女性的臀部高，竟那麼能說話，可愛得讓人想朝著她的額頭輕拍幾下。媽媽也許是想帶女兒一起欣賞美麗的夜景，卻因為女兒不懂自己的用心良苦而覺得有些傷心，那位女性祭出了輕微的威脅：「妳再這樣媽媽就要生氣囉！媽媽以後再也不買香蕉牛奶給妳了！」而那女孩不知是否已經習慣類似的吆喝手法，面露厭煩，但也紋絲不動。

然後她正好與我對到眼了。儘管我也不清楚當時是我的哪一個部分引起了她的好奇心，但她突然開始纏著媽媽說自己想進去溫泉裡泡泡看。我猜想，大概是在那個孩子的眼裡，我看起來十分舒適又幸福吧。「要不然，難道是淚流滿面的我看起來特別漂亮嗎？」我雖然也短暫地陷入了自我陶醉，但一看到水面上映照的臉龐，我的思緒立刻被拉回了現實。

某個半日片刻，寒冷的夜晚空氣、隨風搖曳的竹子、隨泉水漂流的竹葉、以及紫色的燈光，彷彿陷入了沉睡而停止移動。

我一邊撥弄溫泉水，將順著雙頰流下的淚水洗去，腦中一點一滴地回顧起今天發生的事情。路亞確實和我非常不同。他比我會看人臉色、平易近人、適應能力良好，他又有花美男般的外貌，而自然相當受歡迎。他有明確的夢想、洋溢的熱情、光明的前途……這位青年的未來比我更開闊、更有潛能。

是我們不是同一個媽媽生的嗎？

路亞跟我是同父異母的兄妹，初次得知這個事情的時候，我也曾經「嗯？真假？」一不過沒多久便習慣了。

但是，當知道我是私生女時，我吃驚得睡不著覺。

我以前很怨恨路亞，即使他沒有什麼值得我討厭或挑剔的點，而他也沒有不喜歡我。於是那個孩子，以及我，都正緩緩地將彼此納入自己的世界裡——我們雙方雖然不曾吐露過自己的心聲，但在我看來是那樣沒錯。

與路亞初次相遇的那天，讓我明白了「不幸」與「奇蹟」僅是包裹著不同的外衣，本質上卻沒有什麼差異——那是令人難忘的一天。

§

憶起十三歲時，我的爸爸和媽媽去世了。父母同時離世——我以為這是電影裡才會出現的情節——兩人當時正駕車前往某處，車子卻突然失去重心、撞上護欄，大概是運氣太差，撞到了老舊而搖搖欲墜的護欄，故兩人乘坐的汽車便直直墜下了山坡。

前往醫院的路上，我驀然意識到，我只剩我自己一個人了，而這跟我的個人意志完全無關。我不由得發出了「啊！」的一聲嘆息。我坐在醫院候診室的座椅上呆望著天花板，那時，一位素未謀面的女士、以及看起來態度冷冰的男孩一齊走到我的面前停下腳步。

那個男孩就是路亞。

不過當年我沒有喊過那個名字，不知怎的，直呼名諱還是有點尷尬，而他或許也有類似的感受，所以也不曾叫過我的名字。

當天，那個女人打扮得甚是樸素，似乎連手指甲都沒有花心思照護，外貌也不知怎的看起來比實際年齡大一些。不過老實說，她比媽媽長得更漂亮、也更有魅力，尤其當她淡淡地微笑時，她連眼角皺紋也非常討人喜歡。我一瞬間，還猜想她可能是爸爸隱藏的小情人。

路亞始終站在她的身後，臉上的表情好像在訴說自己不情願與我見面，不過，那個眼神也並非徹底的不關心，他當時的臉，我到現在都還忘不了。路亞天性如此——雖然全身散發著令人心臟顫抖的涼意，內心卻懷著無限的溫暖與和藹。

「妳就是李娜妃呀。」她說道。她的聲音就和臉蛋一樣迷人，偏低的聲音自帶柔和的共鳴。

「妳會很驚訝嗎？聽到我認識妳？」

「是的，有點。」

事實上，我感到極度詫異。

「雖然妳不認得我，但我很瞭解妳。我聽敏秀……我聽妳爸爸說過很多關於妳的事情。妳比我想像中還要消瘦呢。」

她的名字是韓恩英，她簡單地自我介紹，並稱呼自己為爸爸的妻子，而路亞也表明他是爸爸的兒子。

準確來說，我的爸媽沒有登記結婚。在法律上，與我父親具有夫妻關係的不是我媽媽，而是韓恩英女士，也就是說，韓恩英女士與我所認知的父親李敏秀，是同床共寢、使用同一馬桶、坐在同一沙發上看電視劇的夫婦。

爸爸和媽媽沒有特別去登記結婚？這情況我可以理解。但，跟我說爸爸倒是跟眼前這個人結婚了？這意思是指我媽沒有資格，而她卻可以嗎？

我氣得身體直打哆嗦，心中也充滿好奇，我所認知的爸爸究竟還有多少我不知道的事情？

不知是不是從我的表情中感知到我受了多大的衝擊，韓恩英女士搖了搖頭說道——

「不不，不是你想的那樣。這該怎麼解釋才好呢……對妳這年紀的人來說，這個問題還太複雜又難以理解。想想看，要是妳爸出軌，我肯定就不會出現在這裡了。啊，但請別誤會，我也不是他們關係間的第三者，我們呢，是經由長輩們的介紹相識後結婚。我與妳爸剛結婚時，我還不知道有妳們母女的存在，且妳父親當時也不知道妳母親懷了妳。後來，我清楚他偶爾會去妳們家看看妳和妳媽媽，但是我沒有因此感到憤怒，反而覺得他有點可憐……我為他做的太少，所以我選擇放過他。雖然這樣說可能有點奇怪，但也許妳真正該討厭的對象不是妳父親，而是我。」

我沒什麼好回應的，於是只是默默地聽她說。我並沒有覺得特別生氣或悲傷，腦中呈現一片空白，完全想不到該說些什麼。

那感覺像是在聆聽一首用字艱澀難懂、令人頭暈目眩的詩篇——接著有人告訴我，這個詩詞裡包含了這些和那些寓意，「聽懂了吧？」——再強迫我理解。

韓恩英女士回過頭看向靜靜站在她後方的路亞，並摸摸他的頭：「兒子，口會渴嗎？媽媽去買點飲料，你在這裡跟娜妃……跟妹妹乖乖等我，可以嗎？」路亞只冷冷地接了一句：「為什麼我是她哥哥？」

「還是你要叫她娜妃姐姐？」

「打死我都不要。」

「所以你就當哥哥吧。不過身為兄長你得要有擔當、照顧好妹妹喔。」

韓恩英女士弄亂路亞的頭髮後暫時離去，留著路亞仍舊嘴巴緊閉地杵在原地，我悄悄地稍微靠向另一側、挪出空間讓路亞坐。坐在我旁邊的那段時間，他不曾停止抽泣，聽那聲音，我想著：「看來這個孩子比我收到更多父愛吧」，而當我轉頭看向那個男孩，我有些震驚，我似乎是第一次看流著到兩行淚的男生長得如此秀美。

眉頭緊蹙、閉著雙眼的路亞美得何其耀眼，有如未琢磨的玉石正在流淚。從那男孩身上，似乎還散發著春風般的甜蜜香氣。我出神地凝視著他的側臉——我心中雖不想承認，但不知怎的，我感覺自己會喜歡上這個男孩——不過，那份情感當然與被異性吸引的感受有所不同。

窗外下起雨了，如鮮奶般乳白的霧氣飄進玻璃窗內，我們所在的走廊也變得霧濛濛的，聽著路亞的啜泣聲，我的心情卻穩定了許多，後來我才明白，大概是因為，我彷佛覺得他正連著我的份也一起哭泣，所以我對他心懷感激。當路亞的哭泣聲徹底滲透至雨聲中，我甚至產生了錯覺，以為自己正在被窩裡，慵懶地揉著雙眼，那份平靜與安詳，堪比戴上耳機聽古典樂時體感的效果。

即使我們那天是初次見面，我也不覺得有任何尷尬不適，猶如我早在夢裡認識他許久，而感到熟悉又自在。

不知時間過了多久，路亞冷不防開口向我搭話，我嚇得蜷縮了身子。

「你們一起住嗎？」

「啥？」——我想回的是「跟誰？」但因一時慌張而答不上來。

「妳跟我爸住嗎？」他問道。

「嗯。」

「妳覺得如何？」

「啥？」

「我好奇爸爸看起來怎麼樣，跟妳一起住的時候。」

「看起來怎麼樣……？」我再次反問，視線朝下的路亞低喃道。

「該怎麼解釋才好呢，就……看起來一直很難過，或是雖然臉上掛著笑容，但看起來一點也不幸福，之類的狀態。」

「如果是要聽這方面的，你可能沒辦法從我這邊得到滿意的回答。因為他不怎麼常回家，頂多一個月回來一次？所以關於爸爸，我無話可說，即使同住一個屋簷下，我也稱不上跟他有多熟。」

「原來如此啊……」

聽我當時的回應，他難掩失望之情——那表情，我至今都還無法遺忘。然而，真正感到失望的是我自己，我也很想問問路亞，和他一起生活時的爸爸是什麼模樣。

「但……我還是羨慕妳。」路亞喪氣地接著說。

這世上竟然會有羨慕我的人，著實讓我嚇了一跳。

「我？我哪一點值得羨慕？」

「妳能和爸爸共度最後時光。」

「說的也是。可我才羨慕你吧，你還有媽媽，但現在的我徹底無依無靠了。」我回應道。接著路亞搖了搖頭。

「這也很看人吧，我媽簡直就是個小孩子，動不動就忘記自己的承諾，連指導學生的臉都記不清楚。」

「指導學生？」

「雖然可能有點難以想像，但我媽是位美術系教授。」

我沉默不語，但說實話很驚訝，因為她與平時我所想的教授形象完全不相似，我活到當時從沒見過如此有個人魅力的教授。真的有這麼討人喜歡又漂亮的教授嗎？有這種媽媽的子女又是什麼心情呢？

「教授通常都很忙嘛。」

路亞長嘆了一口氣。

「我也不是頭一兩次容忍她了，每次看到她記不得我說過的事情時，我都不禁懷疑這個人到底怎麼當上教授的。我媽搞不好到現在都還不知道我喜歡什麼口味的調味乳吧。我喜歡草莓牛奶，但她老是自顧自的買香蕉口味。等著瞧吧，她待會兒肯定又會買香蕉牛奶來。」

此時，我父親的原夫人韓恩英女士手裡拿著礦泉水和牛奶走回來了。

而正如路亞所說，她手中的牛奶明顯帶著香蕉的乳黃色。她先遞了一瓶香蕉牛奶給我，我便邊說著謝謝，邊用雙手接過飲料，她露出滿意的微笑後，再將同樣的口味遞給路亞，並說道：「來，這是我們路亞最喜歡的香蕉味牛奶。」手緊握著香蕉牛奶的路亞朝我瞄了一眼，表情像是在說：「妳看，我說的對吧？」

我突然體會到這男孩或許與我有著相同的孤獨，他並非沒人愛，但依舊孤獨。

那樣的人具有特殊的香氣，路亞亦是如此，而我很喜歡路亞的味道。現在回想起來，搞不好那天路亞也從我身上感受到了和自己類似的香氣。

另外值得感謝的是，當要由我指認父母的臉孔時，能有他們母子兩人在場陪伴——畢竟那個人也是路亞的父親。

韓恩英女士還說要與我一起舉行父母親的喪禮，而我也沒有理由拒絕，便答應了。在她的幫助之下，喪禮流程進行得相當順利。身體並沒有特別操勞，我覺得最難熬的，是不能回到家裡、蓋好被子睡覺，我只想好好睡一覺。

面對心愛的父母離世，我也懷疑我自己睏成這樣子正不正常。我的願望只有一個，我只求我能在自己的房間裡，伴著雨聲，成日蓋著厚厚的暖被，一覺到天亮。

第四章 寫著秘密的信件

飯店客房採用舊式插孔門鎖，這原初的設計師絕對是中世紀的狂熱愛好者。我從斜背包的內袋中翻出了黃金鑰匙，將其插進鑰匙孔裡後轉動。咔嗒聲響，我手握門把壓下去，即將推開門時，路亞一把抓住了我的手腕。

「等等。」

「？」

「我們如果被牽連進犯罪事件怎麼辦？那個經理也有點像變態耶。」

「如果他們打算朝我們下手的話，應該早就偷把安眠藥加進咖啡裡了吧。」

就在這時，剛剛我在露天溫泉遇到的母女也經過走廊。若這裡真是一家奇怪的飯店，會有人的臉看起來那麼開朗愉快嗎？再說，人都到這裡了，也不可能走回頭路，況且離開這裡也只是回到沒有人等著我們的空房子。在路亞進一步阻攔我之前，我把客房門打開了，裡頭的房間雖比想像中還小，但整體空間仍屬明亮乾淨。

走進房間後，我首先確認了床跟棉被，床好像是特大規格，幾乎占滿了整個房間，雪白的被子又大又厚實，且平整地摺疊妥當，是我最鍾意的形狀，棉被上方還有房務人員用玫瑰花瓣排出的心型圖案妝點。

床的左側是一面大窗戶，窗前擺著一張單人小沙發。見到床鋪後，路亞似乎非常興奮，連襪子都沒脫便站到床上，像青蛙一樣上下彈跳。平時他總像小大人一樣過於成熟，但在這種時刻，他又像個被人呵護長大、不懂事的寶貝。

「妳也上來呀！一起蹦蹦跳跳吧！」

「算了啦，連我也跳上去的話，這床會壞掉的。你有錢賠這張床嗎？」

還以為路亞看起來悶悶不樂的，此時又像什麼事都沒發生過一樣眉開眼笑。我想著，這人已經活到十九歲，但是，心智年齡真是只是小學生的等級，剛剛話雖這麼說，但據我所知，韓恩英女士留給他的財產相當多。

我絲毫不顧在一旁跳上跳下的路亞，而將身子擠進被窩裡，並把棉被拉到下巴下緣。這裡的棉被沒有家裡那條棉被上附著的香皂味，散發的是相對陌生但也不至於討人厭的花香，大概是在洗滌時添加了花香味的衣物柔軟精吧，至少我很慶幸，從這多年的被子裡沒有傳出潮濕的霉味或大叔的氣味。

想到今夜能長久流連在睡夢之中，我的心開始亢奮地怦怦直跳。今天是非常疲憊的一天，這是我第一次和路亞離開家裡、外宿他地。在收到邀請函那天，是我開口提議問要不要去飯店體驗看看的，但更受文案吸引的人其實是路亞。路亞與我都急需一個避風港，逃離人群、遠離死亡、逃避乏味煩人的日常和沉痛的悲傷。

「妳肚子不餓嗎？」

轉眼間，路亞也躺到床上，並向我問道。這時的我昏昏欲睡、正勉強地維持著微弱的意識。

「這麼快就餓了？」

「我們煮個大醬湯、再煎盤雞蛋捲來吃吧。」

「應該不是『我們』吧，都是我在煮耶。」

「哇，被發現了嗎？拜託了，我會好好享用的，這我非常有自信。」

「哎，話倒是很會講。好啦，但答應我，你一定要認真捧場喔。」

「就跟妳說我已經承諾了。全部吃乾淨後再交給我洗碗。」

我沒骨氣拒絕路亞如此懇切的請求，所以已經掀開棉被起了身，但嘴裡也一邊嘟囔著。畢竟剛剛我正要入眠，真是可惜了，現在我整個人都醒了，之後即使重新躺下，也不會再體驗到剛才的那份甜蜜。

「你要知道你有多榮幸，我是第一次做料理給男生吃。」

「那是當然了，因為妳沒有認識的男生要吃妳煮的……呃啊。」

我扔的枕頭準確地擊中了路亞的臉。

因為這間客房的房型是公寓式家庭房，所以房內附有廚房，白色大理石材質的流理臺被擦得閃閃發亮，我已無來由地對此地產生了感情，分明是陌生的廚房，卻讓我有了回家般的舒適。餐桌上擺放著我們行前去超市買來的食材，而我從架上拿了平底鍋和湯鍋。為什麼偏偏選了大醬湯呢？因為那是韓恩英女士經常煮的料理。按她所傳授——在湯鍋內放入蒜泥、醬油、蠔油、少許的白糖，再倒入昆布高湯，煮到咕嚕咕嚕冒泡為止。她對昆布有驚人的熱愛，故在煮大醬湯時，她總會堅持加入昆布高湯，若遇到家裡的食材用光的日子，她便會披上針織外套、匆匆地跑去便利商店買一些昆布回來。

「所有的湯類料理，凡是加上昆布，就絕對不會失敗。這可是我的獨門秘方，只傳授給妳呢。」某天韓恩英女士教我做料理的時候，用討人喜歡的語氣這麼說道。如今，我再也聽不到那聲音了。

料理香甜的氣味刺激了食慾、讓人心情愉悅。我正想打散事先切好的洋蔥和雞蛋，路亞卻湊過來猛然搶走了裝著雞蛋的碗。

「你要做什麼？」

「打蛋讓我來吧。看著雞蛋被攪散，我的心情會跟著好起來。」

路亞像是小孩一樣興奮地看著蛋液在平底鍋上擴散，有如自己用黃色顏料繪出了太陽，我內心感嘆道——原來他是連這些瑣碎的事情都可以覺得感動的孩子啊。

我往平底鍋裡倒入乾淨的油，再煎出韓式雞蛋捲。煎至金黃的雞蛋捲置於一邊，煮好的大醬湯則是倒入我們各自的碗裡，不多不少剛好滿足。

短短十五鐘內，兩人份的料理完成。我們將做好的大醬湯及雞蛋捲擺到餐桌上，進行了簡短的祈禱後，接著不發一言地大口大口開動。食物加起來約是四人份的分量，我們則像餓了好多天的人一樣狼吞虎嚥地清空餐桌，路亞也如最初所約定，每道料理都吃得津津有味。

「真神奇耶，有一種媽媽回到我們身邊的感覺。」

直到看到餐碗和盤子的底，吃到沒空呼吸的路亞才將憋了許久的氣吐出來，一邊用讚嘆的聲音自言自語道。

「味道還行吧？」

「妳想聽我實話實說嗎？」

「嗯。」語氣很有自信，但我內心仍舊緊張。

「說實話，我覺得比我媽做的還好吃。我媽煮的菜通常很單調無趣嘛。」

「我聽了很開心，但你媽聽到可要傷心囉。」

「她就算聽到也拿我沒輒啦~而且我本來其實不喜歡大醬湯，畢竟從小吃到大，味道也就如此，早就吃膩了。怎麼有人有辦法只會煮一種料理？我媽也真是沒什麼料理天分。她說那是她小時候跟著奶奶學的，明明當時還學了很多其他料理，但不知怎的就只對它特別有印象。」

「但至少你還記得媽媽做的飯菜是什麼味道，那很幸福吧，回憶裡帶著某種溫暖。我連那個都沒有。」

聽到我的話，路亞瞪大了雙眼。

「妳不是也有妳的媽媽嗎？她不會煮湯給妳吃嗎？」

「我媽媽的身體狀況不太允許她好好煮菜吃飯，她有嚴重的憂鬱症，連日常生活都難以維繫。」

回了「啊啊」兩聲的路亞臉色沉了下來，凝重到我覺得抱歉了。

「她是個成天在女兒面前哭著喊死的人，你覺得這樣的人能像尋常人家的媽媽一樣煮飯、煎雞蛋捲嗎？」

邊說著「不」的路亞搖了搖頭，「那是誰煮飯給妳吃的？」

「還有誰能煮給我吃，當然是我自己煮的。你大概很難想像，能不必擔心三餐在我眼中是多麼幸福的事情。從早上一睜開眼睛，開始擔心要吃什麼，到晚上躺在床上，又得煩惱明天要煮什麼來吃——整天愁飯吃。幸虧我並不討厭做料理，否則我的日子會過得更辛苦。」

我也想像其他同學一樣，放學後回到家時，聽著廚房裡切菜的聲音、湯咕嚕咕嚕煮沸的聲音，一邊喊著「媽媽，我回來了！」然後，午後的陽光灑落屋內，廚房裡頭的媽媽淺淺一笑，對我說「好呀，快進來，我的乖女兒肚子餓了吧？」

然而，現實是那麼殘酷的。我的媽媽不曾致我一個溫馨的微笑、或說一句溫暖的話語。有時我也會懷疑，媽媽到底為什麼要生下我？因為我看起來完全沒有理由值得留在媽媽身邊。每當想到這些時，我便會因過度的悲傷而心臟急速跳動，我好討厭我的媽媽。

所以，我也想過，是不是老天爺帶走了媽媽，是不是祂以為我恨她恨到連臉都不想再瞧見，但是祂誤會了，我才沒有那麼討厭她。

§

謝天謝地的是，我的父母並沒有債留子孫。也許是我過去親眼目睹一位大學朋友，因自家父親所留下的債務而身心煎熬，我是真心地感謝他們去世時沒有給我留下債務。

而且，媽媽似乎還瞞著我抽空買了保險。由於我還是個未成年人，所以由韓恩英女士以監護人的身分代我管理財產，即使那不足稱上鉅額，但至少靠那筆錢，在我找到穩定工作、並在社會中向下紮根之前，我足以過得生活無虞。

葬禮結束後的一週，我只有反覆在房間、廁所、房間、廁所之間來回移動。除了偶爾走進廚房打開冰箱、尋覓可以溫飽的食物之外，我絕大多數時間都待在房裡。我在靠牆的那一側鋪妥毯子，接著便窩在被子裡，我所做的，只有呼吸，跟成天躺平。當晨光熹微，我也沒有拉開窗簾，就此困在屋裡的漫漫黑夜。

獨居生活第八天早晨，我第一次開門踏進了父母的臥室。媽媽喜歡噴的香水味隱約地瀰漫於空氣中，它的下層還有爸爸爽膚水所散發的淡淡香氣。媽媽的香水本該是能使人心跳加速的甜蜜花香，但隨時間流逝，它成了尋常普通的氣味。而當我想到這些氣味總有一天也會徹底消逝，不禁心裡一陣刺痛。

我從梳妝臺上找出了媽媽珍藏的香水，接著朝向空氣中噴灑。撲鼻而來的是甜滋滋的花香，一瞬間還能使人產生錯覺，錯以為是媽媽走進了房裡。

我接著翻出了爸爸的爽膚水，並朝地板滴了幾滴——若有人看到，大概會無法理解這個瘋女孩為什麼要這樣浪費爽膚水，但我對附著在香氣上的思念真是如此癡迷，現在好像連爸爸都回到屋裡了。

韓恩英女士隔天打電話來了。

由於我緊緊拉上窗簾，搞不清楚那時是白天還是黑夜。我久違地離開被窩、出去泡了碗泡麵吃。接著，手機響了，它已經一週左右沒有響鈴，所以我嚇了一大跳，差點燙到上顎。

「喂？是娜妃吧？我應該沒吵到妳睡覺吧？」耳中時隔許久傳來她的聲音，有如午後的陽光般清新。

「沒事，我在吃飯呢。」

「飯要好好吃喔，不要想用泡麵隨便應付溫飽。聽到了嗎？妳該不會還整天悶在家裡吧？」

我答不上話來，而這應該在她的意料之中，於是她說道——

「一個小時後來我們家坐坐吧，一起吃晚餐。我打算煮大醬湯，妳喜歡嗎？我等等直接寄簡訊把家裡地址傳給妳，妳能自己想辦法來吧？我相信十三歲應該做得到的。那就待會兒見囉，一定要來喔！我會連妳的份都煮好的，妳不來可就浪費囉，多可惜呀，所以，看在食物的份上，妳一定要來喔，聽到了齁？」

之後她立刻掛斷了電話，而我只能靜靜看著手機，像個迷了路的小狗一樣呆坐原地。我像是做了場夢，頭都暈了起來。竟然這麼快又到晚餐時間啦。「我幾乎躺了一整天呀」，我自言自語道，邊拿筷子夾起一口麵條，泡麵不知不覺都冷掉了。

§

外頭下著雪，天氣嚴寒。我將凍得通紅的雙手摀在嘴前，往裡頭呼呼吹熱氣。

儘管我因著別人的邀請而赴約，但我其實還是不知道自己為什麼要去那裡，無論如何竭力包裝，她不依舊是爸爸的妻子嗎？遑論那裡還有另一個讓我無話可說的存在——我的同父異母哥哥，我實在沒什麼理由會想去那地方。

不過，我還是沿著她傳來的地址持續前行，大概是我已經孤獨到想從他人身上獲得安慰，同時，累積的壓力也大到不禁想發牢騷。

她家的公寓距離我們家不算太遠，地鐵搭三站就能抵達。我靜靜地站在公寓停車場，抬頭望向他們居住的房子——地址標示該棟五樓，而五樓的兩戶人家中，只有一側亮著燈，我從下方便能感受到那燈光的溫暖。我緊握拳頭，搭上電梯。

我按了門鈴，但沒有人出來應門。我抱著「門再不開我就要回家了」的心態，正再次將手伸向門鈴方向時，門突然「嘎吱」開啟，站在門前的是路亞。我毫無理由地開始心跳加速。肯定是他臉上的某個地方藏有裝置，能使我感到心安，否則我也無法再合理解釋那種感覺。

「嗨。」

路亞嘴上對我打招呼，視線卻對焦在其他地方。或許是因為我們許久不見，他也有點尷尬害臊吧。

「好久不見。」

「時間很晚囉。本哥哥為了等妹妹等得肚子好餓耶。」

這男孩……竟然能這麼自然地叫出「妹妹」。是因為他心智年齡比較小，所以不覺得有關係嗎？我想要是我，絕對是說不出這樣的話。

「啊抱歉了，因為等地鐵等得比較久。」

「妳搭地鐵來這邊的？」

「當然是呀，要不然還能搭什麼來？」

「這距離應該可以徒步走來吧，妳又不是五歲小孩，都幾歲了，騎腳踏車也騎個十分鐘就能到了。」

「哎呀，真是不好意思了呢，我沒學過騎腳踏車。」

路亞用「我的老天」的表情盯著我。

「要不要幫妳買台滑板車？」

嘖嘖嘖，那個討厭鬼，我推了下路亞的肩膀。

「我可以進屋裡了嗎？站久了，腿又痠又冰冷。」

「啊，對耶！進來吧。」

路亞讓出一條路，我脫了鞋後走進客廳。客廳既寬敞又溫暖，我腳踩在客廳的地板上，心情百感交集，分明是第一次拜訪的屋子，我卻像走進我家一樣自在舒適。我思索著，自己是不是該說「我回來了」，而不是「打擾了」？

「杵著幹什麼呢。這邊請。」

我跟著路亞走進廚房，在設置了小小對外窗的廚房裡，韓恩英女士正微微傾斜身子料理晚餐。

「媽，親愛的妹妹大人來了。」

那時她在試湯的味道鹹淡，便以嘴裡叼著湯匙之姿，直接轉身看向我，接著露出了表示歡迎的微笑。我感受到我心跳的聲音，這種情感特別陌生，彷彿是我每天夜裡獨自在心中想像過的情景。

「快坐吧。感覺妳應該會很想念熱呼呼的湯品，所以我就準備了大醬湯。雖然我不敢保證味道好吃，但希望妳能好好享用。」

只花了不到五分鐘的時間，她在圓形餐桌上擺滿了食物，看起來格外津津有味。我們圍坐成一個圈圈，安靜地專心品嚐熱熱的白飯和大醬湯。

我猛然覺得，自己並不是孤單一人，我感到萬分高興，幸好有他們在。即使我們的關係不尋常，但是能這樣一起圍坐一桌吃飯，就像家人一樣。

「這個大醬湯真的很好喝！」

「是嗎？那太好了。我們路亞從來沒說過這種話呢。」她微笑地說道。

「看來妳不只長相奇特，連口味都很特別。」

韓恩英女士以自豪的姿態拽了路亞的臉頰。瞧見路亞喊著「哎呀，好痛」，她也沒什麼反應地繼續說道。

「娜妃啊，隨時歡迎妳來吃飯玩樂喔。雖然我平日比較忙一點，但週末時間上都沒問題，妳不用有壓力，想來的時候就來，知道嗎？人們遭遇越是艱困的難題，越是要湊在一起，光是這樣，便能成為彼此的力量。」

「對啦，歡迎妳來找我們玩。不過，妳可得叫我哥哥才行。」

「兒子，你知道迴力鏢吧？你的言行總有一天也會像迴力鏢一樣反饋到自己身上，所以說呀，對待他人的時候也要像對待自己般親切友善才行，尤其是對你的妹妹。」

一旁，我不顧路亞的吊兒郎當，而只是將飯倒進大醬湯裡，攪拌著吃。

自從那天以後，我便每週固定到他們家一起吃頓飯。與他們享用完熱騰騰的大醬湯後，我會坐在客廳的地板上，一邊看電影，一邊搭配熱咖啡和切片蛋糕。電影的類型是根據當天的天氣而定，雨天看恐怖電影、晴天看浪漫愛情電影、不晴不雨的陰天則播放動作片。

和他們一起相處時，我體驗到了以前從未感受過的溫暖——我們不是真的家人，他們甚至是我已逝父親的元配與她的兒子，我為何竟能感到如此的舒適，也絲毫不討厭他們呢？

接著我忽然意識到，我一直在心中默默拿她和我的媽媽來比較。

§

我的媽媽生病了。

就像世上有胃痛的人、有肝不好的人一樣，我媽媽的心生病了，好似對她而言，這世界不存有任何值得興奮的事情。以前我總想，跟我媽媽一樣這麼不露笑顏的人很少很少，不過有一天，當我想到媽媽可能正連他人的悲傷都一併承擔，又覺得她看起來有些令人鼻酸。不過，過往我總覺得自己是最可憐的那個，這想法至今倒是還沒有太大的改變。

我想著想著突然覺得，無論媽媽在什麼時候以什麼方式死去，我都不會感到過於訝異。即使如此，這不代表我不害怕承接她的死亡，我時常從這些複雜交錯的情感中獲得安慰。

面對偶爾回家一次的爸爸，我沒有太多話可說。他自從知道我喜歡喝咖啡後，每次回家都只特別買咖啡口味的冰淇淋，除此之外，我並沒有什麼關於爸爸的記憶——雖然這讓人不禁懷疑，這種人是否還能稱之為爸爸，但我不曾因「他是我爸爸」的事實本身感到怨懟不滿。

爸爸是從我六歲開始正式與我們生活的。雖然我很難說出一個明確的時機點，但反正從某天開始，爸爸會回來家裡住，而我每天早上睜開眼睛就能看到在家的爸爸。

當爸爸聽聞自己女兒喜歡咖啡味之後，便猶如這世界壓根兒不存在其他口味的冰淇淋一樣，毫無例外地只買來咖啡口味的冰淇淋，即使有時也令人鬱悶，但我喜歡爸爸那溫柔的溫暖。

或許我會喜歡路亞，也是出自於相同的原因，路亞長得很像爸爸，當然，他也跟他媽媽長得很相像。那我呢？我想我大概還是更像媽媽一點，我們無論如何都是不怎麼討人喜歡的類型。儘管如此，路亞似乎不討厭我，我心中滿懷感激。

§

一個月前，震撼的消息是韓恩英女士去世了，我原以為至少還有她會一直留在路亞身邊，但事與願違。

我印象中那時是凌晨兩點。我通常都很晚睡，所以那天凌晨兩點也是清醒的狀態。初雪漸漸，為了看清楚窗外美麗的夜景，我刻意拉開窗簾，還點了薰衣草香氛蠟燭，營造出童話般的氛圍。當時我在地板鋪上報紙，肩上披著棉被，心平氣和地坐在地上剪指甲，手機突然響起。我低聲嘟囔，想說誰會在這個時間打電話來，一邊看向手機螢幕——竟然是路亞，他平常不怎麼打電話的，所以更令人感到意外。

「喂，是我……妳睡了嗎？」

我都還來不及說聲「喂你好」，電話筒另一頭便傳來路亞著急的聲音。「沒，我還沒睡。這時間找我有什麼事？」除了斷斷續續的嗚咽聲之外，電話那頭的他一直保持沉默。剛開始，我甚至分不清楚他是在哭還是在笑，但那聲音逐漸增強，猛然變成尖銳的哭聲，聲音大到我不得不將話筒拉離耳邊。

「喂？你……你在哭嗎？」

「媽媽突然暈倒了……醫生診斷的原因是過勞。」

我嚥了嚥口水，彷彿有一顆小石頭卡在喉嚨而使人喘不過氣。

「早從她開始沒日沒夜的工作時就感覺得出端倪。執著於工作的媽媽不是一個負責任的母親。」

或許我們老早就預想到了——所謂的「暈倒」和「瀕臨死亡」相去不遠，只是沒有人說破這句話。

「但我還是有好好愛過她，畢竟因為她是我的媽媽。」

「我知道。」

「她會沒事吧？」路亞的聲音瑟瑟發抖。

「她會沒事的。」我努力雲淡風輕地回道。而路亞沒有回話。

「你有在聽我講話嗎？」

「嗯，聽到了。」

「你媽媽不會有事的，我跟你保證。所以別哭了，先等她醒來再說吧。」

「……」

「喂？你有聽到嗎？」

「如果……如果她沒醒過來呢？」

路亞的聲音傳來微顫，要是她醒不過來，那麼路亞該怎麼辦呢？當然，路亞如今已經虛歲十九歲，而不是當年的十三歲小孩了。然而即便如此，無關年紀，他依舊需要媽媽。

玻璃罐裡的蠟燭閃爍著微弱的黃色光芒，我卻瞬間覺得薰衣草的香氣刺鼻地讓人難以忍受，我於是蓋上蓋子、將蠟燭撲滅。

「我，以後應該只能一個人在家了吧？」

「應該是吧。」

就算聽來殘忍，但我也別無他法。偶爾，刺耳的坦白反而聽起來更像安慰，而我當下便是判斷路亞需要面對現實。

「會很痛苦吧？」

「大概會吧？不過出乎意料的是，獨自一個人也不至於痛苦致死。你看看我，不也是這麼活到了現在？」

「果然，妳總是很過分坦率。」

「抱歉了。你有被傷到心嗎？」

路亞笑了。

「沒事。我就想聽妳直言不諱又殘忍的話。我真的不喜歡被人同情的感覺，選擇打電話給妳果然是正確的選擇，我就知道妳會冷靜地給我回饋。」

「怎麼回事？這話聽起來隱隱約約讓人覺得不爽喔。你把我當成什麼人了？」

「妳不知道嗎？妳是我認識的人裡面最高冷的那一個。」

高冷？太誇張了吧。

「雖然交不到男朋友。」

路亞的最後一句話又一舉打破了溫馨的氣氛。

§

「仔細想想還是蠻無言的。」

聽我一邊喝水一邊低聲喃喃自語，路亞看向我回道：「妳說什麼？」

「我說我覺得無言。」

「所以說哪個點？」

「這些食物呀。明明是你說想吃飯的，怎麼是我煮這些？」

路亞輕微地皺了鼻子，像是在說著「什麼嘛，怎麼只是要講這種小事。」

「我還以為妳要說別的。沒辦法嘛，我的專長是烘焙，叫一個麵包師傅煮飯，就像是請調酒師推薦紅酒嘛。啊，如果不吃飯、想改吃提拉米蘇的時候，隨時都可以告訴我，對手工現做的提拉米蘇我可就很有自信了。」

確實，無論從外貌或性格來看，比起燉湯燒菜，路亞跟甜甜的提拉米蘇更匹配。如果是路亞親手做的提拉米蘇？那肯定會又甜又滑順吧，我光是想像至此，便開始分泌口水、彷彿嘴裡已含著一口香甜。

「明天早上，立刻做給我吃。」

「明天？好呀，做提拉米蘇很簡單的。」

「真的嗎？你真的會做給我吃嗎？」

「妳是從小被騙到大嗎？妳都成天唱歌唱說想吃我的提拉米蘇了……啊！要不要把剛剛經理叔叔送的杏桃果醬也加進去呢……？」

「哇，真令人期待！不過你真的比我更像爸爸一點，爸爸也喜歡吃甜點嘛。」

「有嗎？」

「你不記得了嗎？爸爸飯後總會再塞顆巧克力或糖果進嘴裡。他跟你住的時候不會這樣嗎？」

「和我一起生活的時候，爸爸吃完飯一定會去外面抽根菸。看來他跟妳住的時候把菸戒掉了吧，然後因為嘴饞才吃點甜食。所以說，他和我不一樣，我是打從一開始就特別喜歡甜點。」

「喔～你說得有道理。我完全不知道爸爸以前有吸菸的習慣。」

脫口而出的瞬間，我心中便「哎呀」一聲感到後悔。我本來就不太想提起爸爸的事情，尤其是在這種時機。

一旦憶起爸爸，想到他對韓恩英女士跟路亞、以及對我和媽媽所做的事情，我依舊無法原諒他。我身為女人，更無法接受他結了兩次婚——不，準確來說，這位男士是在腳踏兩條船，還以為這種故事只會在狗血八點檔劇裡出現，而從沒想過這會發生在我身上。

「填飽肚子就睏了呢！」路亞微瞇了一隻眼睛，一面露出燦爛的笑容——雖然面帶笑容，他的模樣卻顯得格外孤獨。路亞和我都是孤獨的。但孤獨也沒關係，因為孤獨也可以理解成「想好好愛一個人」的意思。

聊著聊著，轉眼間已過了兩小時。不知不覺路亞已經趴在餐桌上睡著了。儘管我搖了搖他的肩膀，他仍是絲毫沒有反應，似乎睡得很沉。夢裡有什麼傷心事嗎？他的眼角有些濕潤。

我小心翼翼地摸了摸路亞的頭，短小的髮絲溜過我的指尖，圓圓的頭溫暖又柔軟。

說實話，美味的食物、溫暖的棉被、清涼的水、路亞跟我，這間房間裡已經擁有我想要的一切人事物。若有外人在這時進來房間、看著我們說「哇兄妹倆真幸福啊」，也一點都不奇怪。悲傷填滿我們之間的縫隙，它完全屬於我們彼此，要承受這一切的也只有我們兩個人。

世界安靜下來了，這是一個讓人想要陷入沉思的凌晨。

我正閉上雙眼，回想今天所發生的事情，卻不知從何處響起了電話鈴聲，聲音來自床上。酒勁上來的我有些亢奮，於是沒確認來電者是誰，就按下了接聽鍵。

「喂？」

「……是娜妃學姐嗎？」聲音聽起來是個年輕的女孩子。

「是的沒錯。請問妳是？」

「學姐好，我是姜智雨。」

「誰……？」

「我以前在校門口跟妳打過招呼，妳沒印象了嗎？我跟路亞學長是同一個國中畢業的，然後現在讀高一，跟學姐同校。」

「智……雨？」我喊出聲的同時，才意識到「哎呀，我接到路亞的電話了。」

我想起來了。路亞認識的學妹裡確實有一位名叫智雨，身材跟臉蛋都格外小巧玲瓏的一位女孩。既然她說她跟路亞從國中就認識，而我卻對她的臉沒什麼印象的話，應該代表我們兩個碰到面的時間不太多。

就在這時，電話另一頭的她像在追問我般問道：

「但為什麼是學姐接起路亞學長的手機呢？」

果不其然！聽到是我接起電話，她肯定因此覺得不開心了。

「啊，路亞他……路亞學長他正在睡覺，所以我就幫他接了。」

一邊說著，我一邊安慰自己，我又沒說謊，所以會沒事的吧。

「妳說妳叫智雨是吧？智雨妳有需要我等學長起床後再請他回撥給妳嗎？」

「不，不用麻煩了。」

那語氣像是在說——我們之間的事情我會自己看著辦，妳不要管我們。

「請問他現在人在哪裡？」

「妳問我們在哪裡嗎？這裡是會賢洞，怎麼了嗎？」

「哇傻眼，我雞皮疙瘩掉滿地。」

智雨的聲音像是受到了衝擊，喃喃自語道：「哇我還以為只是假消息而已，太無言了吧……」，接著開始使用更有攻擊性的字眼。

「妳說什麼？」

「學姐，妳那是自己的一廂情願，妳心知肚明吧？路亞學長根本對學姐妳不感興趣，只是因為他天性溫柔善良，所以才對妳這麼好的。難道妳真的不知道嗎？還是只是在裝作不知情？」

我被突如其來的攻擊嚇得啞口無言，這是我第一次感受到有人對我展露出如此駭人的敵對感，我的心臟急速直跳。

「妳好像有什麼誤會耶。我也沒有喜歡他啊，我們看起來對彼此特別好，是因為我們是家人，沒有別的意思。」我費力才說出這句話。

「一開始我也同意這種想法。但聽說你們以前根本不知道有彼此的存在呀？」

「但家人終究是一家人吧。」

「世上哪裡有兄妹會單獨去住飯店？不是所有的兄妹會因為雙親離世，就兩個人一起去住飯店。甚至不是去多遠的地方，而是住在位於市中心的飯店，你們不覺得這樣子很不正常嗎？」

「不正常」這個詞如尖刺一般扎進了心中。然而，真正讓我傷心的不是她說的那些話，更糟的是我無法用任何言語反駁她。誠如她所說，再怎麼嘗試掩飾包裝，我的人生絕對也稱不上多麼「正常」。

「學姐，我真的搞不懂妳耶，怎麼有辦法拿『家人』關係當藉口，然後拉著路亞學長去飯店呢？我知道跟帥哥一起行動，人都會不由自主變得更神氣啦。」

我的天呀，我真的不知道要回什麼，她怎麼有辦法對年齡比她長的人用「神氣」這個字眼啊？現在的小孩都這樣嗎？直言不諱到令人心生困惑，那些話已經越線了，不可能看她年紀小就當作童言無忌。看我靜靜地按兵不動，對方又如相機觀變，逮住機會窮追不捨地逼問。

「妳看吧！妳就是因為心虛所以接不了話吧。學姐，妳要真的為路亞學長著想的話，無論路亞學長提出什麼建議，妳都該裝作沒聽到啊。學校裡各種流言滿天飛，聽說妳跟學長也不是真的親骨肉嘛？再這樣下去，搞不好學長就要轉學了。」

「不至於吧。」

「我不是在開玩笑耶。」

是嗎，是這樣嗎？我是不是遇到事情都傾向把它當玩笑話呀。

「學姐，妳說服一下路亞學長吧。」

「妳說什麼？說服什麼？」

「請你們立刻退房吧。」

我很清楚，說服別人同意自己的所見所聞絕非易事，因為對方勢必會完全摀住自己的雙耳，而聽不到任何人的聲音。所以同理，無論我說什麼，現在這個女孩是聽不進去的。她需要我之外的其他人，來帶給她其他協助，她要能夠告訴她真相、一方面又能給她安慰的人。

不是嗎？還是其實需要幫助的人是我啊？或許她是對的，而我才是錯的。會不會其實看不清真相的人是我？如她所說，是我跟路亞的行為不當？又，我們的行動是否間接傷害了學妹乃至周遭的人？

我越想越陷入無盡憂鬱。我從來沒有想像過，自己的行為可能會傷及其他人的心。但無論如何，我想我絕對不能做出傷害到路亞的事情。若問我最不在行、也不願做的事情為何，那我一定會說是「弄哭路亞」，至少我絕不能讓路亞傷心流淚。

「抱歉，我做不到。」

一個陌生又冷冰冰的聲音脫口而出，她顯然嚇了一跳，她的顫抖穿越了話筒傳到我耳中。

「為什麼做不到？妳說你們是家人，難道連這點忙都不幫嗎？」

「我需要路亞、路亞也很需要我，所以我現在必須留在他身邊。要是連我都離他而去，那他會徹底支離破碎。倒是妳該反省，若真是為了路亞著想，妳就隨他去吧。我先掛電話囉。」

不等對方回任何話，我便直接按下了結束通話鍵。

路亞和我都努力淡然地吸吐，以度過令人心臟跳動、卻又帶著藍色調的悲傷時光。我們緊咬嘴唇、雙腿使勁，才勉強地站穩腳步，想盡辦法堅持活著。

我們正在經歷世界上最可怕的痛苦。我也就算了，然而，對於心智年齡尚維持在小學生年紀的路亞而言，這些事情所帶來的壓力實在大到難以承受。

但他還是好好地挺住了——至少到目前為止是。他強大的心理素質令人吃驚、也令人敬佩三分。

美好的瞬間無所不在，關鍵在於要和誰如何去創造。

假如路亞現在不在我身邊、假如當年沒有路亞媽媽打電話叫我去吃晚餐、假如當時我沒有赴約、而選擇直接折返，那麼現在我會是什麼模樣呢？光是想像都覺得好毛骨悚然。

§

我幫路亞蓋了條棉被，接著走出廚房，手伸向放在床邊的包包、從包包前方的夾層裡掏出一封信件。那是我一個月前從韓恩英女士那裡收到的信。信封上寫著「給娜妃，在我有三長兩短時再打開　路亞的帥媽媽　筆」，或許她早就認知自己的這一天不遠了吧，我想到這裡，便覺喉嚨乾澀。

我打開信封，小心地握住裡頭的信紙。紙上沾染著她身上的香氣。我將路亞微弱的打鼾聲當作白噪音，然後開始慢慢地閱讀信件內文。

給娜妃

我突然寫信給妳，想必妳一定很驚訝吧。

如信封上所寫，我是以防我自己出了什麼意外，而提前寫好這封信的，在那之前還請妳不要打開這封信。

我在這裡所寫的一言一語或許會令人難以置信，但希望妳能相信我所說的無一絲虛假。

我知道妳會很驚訝，但是我想直截了當地說對妳而言會更好，所以我就不拐彎抹角了，畢竟拐彎抹角也不是我的風格，妳可以理解我吧？

好，那從現在開始，我要告訴妳所有實情，別被嚇壞了。

妳和路亞的爸爸李敏秀先生，其實不是路亞的親生父親。

不過從戶籍上看，妳和路亞都是敏秀的子女，所以你們還是兄妹沒錯，只是完全沒有實際血緣關係。

在我懷了路亞後，我跟路亞的生父分手了。那時我在讀研究所、他在大企業上班，當我告訴他我懷孕的消息，他叫我把孩子拿掉，因為他沒有信心養大孩子。

於是我決定和他斬斷關係，打算獨自撫養路亞長大。

在那之後，我就再也沒聽說他的任何音訊了。妳爸爸也知情這段過去，他依舊跟我結了婚。我們兩個是透過兩方父母的熟人牽線認識的。從我們第一次見面、乃至最後分別之際，妳爸爸始終是一個溫柔又善良的男人。當時據說，敏秀跟妳媽媽英珠小姐愛情長跑多年，卻因為男方家裡的反對而分手了。妳爸爸並不知道有妳的存在，因為妳媽當時沒有跟他坦白懷孕的事情，就生下了妳。

應該是到路亞快要兩歲時，妳爸爸才知道還有妳這女兒。此後的某個時間點開始，我察覺他會固定去見妳和妳媽媽，但我也不覺得生氣，而選擇默認這件事。我反而放心許多，因為這代表他不會再感到孤單了，於是我把這件事當作我對他的補償，償還他為我犧牲掉的時間。因為……妳不要嚇著，先聽我說……因為我從一開始就另有情人，而妳爸爸也知道這一點。我所愛的那個他，是一個擁有自由的靈魂、又內心溫暖的人。應該可以稱上是我的初戀情人吧。我沒見過如他那麼閃閃發光的人，真可惜妳沒見過他，否則妳一見到那個人便能體會到那種感覺的。喔當然妳跟路亞也是會散發光芒的人。

我結婚後還是一直愛著那個人嗎？

雖然這話有點令人難過，但我的回答是肯定的。

若再問我有沒有喜歡妳爸爸？

我給出的答案也是肯定，雖然向著兩個人的情意有些不同就是了。

等到路亞五歲時，我想很難再隱瞞下去，便跟丈夫坦白了婚外情人的存在，而他似乎也早就看出端倪，所以當下的反應很淡定。不可避免地，這件事帶來的衝擊巨大，他接下來的一個星期都沒開口說話。

直到那天到來。

妳爸爸突然問我要不要一起喝杯酒，那時我也已經猜到他的心意了——他希望可以跟妳一起生活，他期許自己，能在娜妃妳的眼中，成為堅實強大的父親——雖然有點對不起路亞，但他想好好撫養自己的親生女兒。同時，他似乎也努力想讓我安心，而強調路亞是自己兒子的事實並不會因此變質。

我回他，我能理解。

在那種情境下，我怎麼可能有不同的意見呢？

我那時感到萬幸，因為我的父母親早已癌逝，而不會有人出面想要改變我的選擇——即使我知道這樣的想法不太好，仍不自禁地覺得安心不少。妳大概難以想像，我過去是如何被他們兩老折磨的。我曾跟他們坦白，說我心中的愛人另有其人，他們卻全然不理睬。唯一的女兒長大成人，卻不願意跟他們欽點的女婿結為連理，他們肯定對我感到非常失望。他們怒斥我，不要再讓家裡蒙羞，應該盡早斬斷我跟那個戀人的關係。

那一刻，我意識到我的父母親並不愛我，若他們真的愛著我，怎麼能不尊重子女的意願？

我便想，既然如此，那我隨便跟一個人結婚吧。只要結了婚，便能徹底擺脫父母的干涉。就在那個時機點，有人介紹你們爸爸給我，我也毫無猶豫地立刻跟他提起婚事。那時既然已經下了這種決心，我內心希望丈夫最好是一個普普通通的人，而他正好就是這種人。雖然對他感到抱歉，然而，為了我自己的幸福，這都是不得已的選擇。

但是追根究底，這些都不真正屬於我，而是我父母創造出來的理想人生。我後悔了，後悔再後悔。我不應該這麼跟他結婚的，但想到能脫離父母的叨唸，又覺得這婚結得真是太好了。

我想，妳爸爸肯定也後悔娶了我。他總是看起來很孤獨，都是我的錯，我為了追求自己的舒適跟解脫，而利用了妳爸爸。妳還記得我之前在醫院跟妳說的話嗎？我說，也許妳真正該討厭的人是我。

我理應被討厭。我害妳跟路亞所愛的父親長久受孤獨之苦。

妳爸爸很愛很愛妳。他曾說過，他願意為妳赴湯蹈火、而無懼死亡。

妳知道我結婚以來，唯一不覺得後悔的事情是什麼嗎？

是生下路亞。

撇開他是我親生兒子不論，他也真的是一個善良又情感豐富的孩子，相信妳也清楚。我呢，最近又見到一個和他很相像的人，那就是娜妃妳。

我們共度的光陰是何其甜美呀。人生就是如此，無論曾經再怎麼苦澀，終有一天也會變得香甜美好。

路亞跟妳，對我而言都是寶石般的存在，或許正因為有你們這群孩子，這世界看起來才會這麼可愛吧。

我該覺得你們有多幸運呀，就算哪天我不在了，你們也還有彼此。兩人團結一條心，就能成為一家人，而不是非要血脈相連不可。反之，要想成為一家人，也不是單靠基因就足夠，而尚需要一些東西——那就是對彼此的信任和愛意。

或許正是如此，這人生才值得走一遭吧。當以往愛過的人們相繼離開，那空位必然要由新的愛人來填滿，就像你們兩個人一樣。我堅信，這世上沒有人能比你們兩個更瞭解彼此了，你們的關係就是如此獨一無二。

至於這封信的內容，我希望可以對路亞保密。他年紀輕輕，要是他知道自己的媽媽除了爸爸之外，心中還住著別的男人，心中肯定會有甚巨的衝擊。

還有，如果某天我有了個三長兩短，麻煩妳在一旁陪伴他，別放著他胡思亂想。要向妳拜託這些，真是不好意思呀，但是我能信任的人只有妳了，而且只要妳開口，他肯定會把妳的話聽進去的。

說實話，我當然也很掛記妳，我擔心妳母親的憂鬱症會傳給妳。不過，一想到妳跟路亞擁有彼此，我又放心了。

該多好呀，你們竟然有可以談心、互吐心聲的對象。

還真是羨慕你倆。

信件內容就到這裡結束。

幸好，爸爸不算是出軌搞婚外情，而且爸爸真正愛過的人是我媽媽。

但奇怪的是，我同時感受到一陣悲楚。

我緊抓著信嚎啕大哭，握到信紙都變得皺巴巴的。由於我得知爸爸不是路亞的親生父親？還是因為我透過文字感受到韓恩英女士所體驗的罪惡感和孤寂感？或甚至是因為聽聞了父母的死亡可能不是單純的事故？我的心底一陣熾熱、眼淚傾瀉不停。

看來，在父母的眼裡，我是一個非常堅強的女兒，原來爸爸媽媽認為，即使自己有一天離開這個世界，我身為獨立心強又穩重的女兒，定也能堅韌地好好活下去。想到這裡，我感受到難以用言語表達的傷心。我意識到，女兒們看起來很堅強，並不會得到任何一點好處。

我竟然到現在才明白這一點，我也真後知後覺，這遲鈍應該可以登上金氏世界紀錄了吧。

深怕我的哭聲會吵醒熟睡的路亞，我將自己埋進厚重的被窩裡。我哭得頭暈目眩，才隱約瞭解為什麼自己會流這麼多眼淚。

我的父母、以及寫下這封信的韓恩英女士已經離開這個世界，如今即使每天誠心祈禱，也無法再見到他們了。

我覺得韓恩英女士、爸爸和媽媽都很可憐。

只能把心上人放在心中、並隨父母旨意決定婚嫁對象的韓恩英女士；即使明知自己未來的妻子不愛自己，卻也只能選擇結婚的爸爸；還有患上憂鬱症，而不得不用搶奪的手段搶走別人丈夫的媽媽……三條靈魂都是何等可憐。

然而，墜入大人們挖掘的悲傷之井，而在井底承受痛苦和窒息感的人，終究是我跟路亞。

我開始思索，這也許是從更上一輩一路流傳下來的詛咒——從路亞的外公和外婆、還有我的外公和外婆承繼而來的詛咒——而他們也同樣是受了祖先們的詛咒。

可憐又可悲的靈魂遍布四處。世上難道真的不存在這種人嗎？不曾因家人而滿身傷痕的人。

被窩裡實在太暖和了，我全身癱軟，眼睛緩緩地闔上。

我用被子徹底蒙住自己，接著像個精神失常的人一般，在裡頭獨自放聲咯咯地笑。我分明傷心得精神恍惚，卻又因為棉被的溫暖，而不禁覺得好睏好睏，我也覺得自己的狀態很無言。

但是沒辦法了，再怎麼覺得傻眼，我也該睡一覺了。

我像是子宮裡的胎兒一樣，將自己蜷縮成一團，接著閉上了雙眼。我的心跳聲，在被窩裡就如搖籃曲一般，低沉地迴盪。

§

一陣不祥的預感叫醒了我。

而不知為什麼，不祥的預感又總是如此準確。

路亞不見人影。是一早就去刷牙洗臉了嗎？我走去確認，發現浴室空無一人。再看向玄關，我意識到路亞的運動鞋不見了。我接著拉開窗簾望向窗外，外面的天空尚透著淡淡的銀色調，弦月斜掛天邊。一大清早，他一個人是上哪兒去了呢？

我下意識將目光投往餐桌的方向，我看見韓恩英女士寫的信件，搖搖欲墜地依著一側桌角。他讀了那封信嗎？是趁我賴床的時候偷偷讀的嗎？接著因為承受不了巨大的衝擊，而心生極端的想法、狠下心跑到外頭去了嗎？

我心中感到惴惴不安，又不知道被什麼吸引，而走進廚房開始確認廚具。果不其然，水果刀不見了，我腦中浮現了駭人的畫面——路亞用那把水果刀劃開自己的手腕。

不會吧……不會的吧……那孩子沒有那麼不堪一擊的吧。

我明知我不應該這樣，但總是不禁心生奇怪的想法，心臟也隨之加速跳動。對，這麼一想，我可能太相信路亞了。

韓恩英女士也太高估我和路亞了。如履薄冰的我們，總小心翼翼地踮著腳尖，深怕不知何時冰層會倒塌破碎。

縈繞我們的空氣瀰漫著死亡的濃濃氣息，所以，我們的人生並不可能如她所說的那般甜美。我們真的能幸福嗎？

我手裡拿著風衣，再隨意地套上鞋子，立刻手忙腳亂地向外跑，我甚至沒有餘裕想到撥手機電話的這個方法。

我氣喘吁吁地跑到服務檯，問櫃檯服務人員有沒有看到一個男學生，然而，他們僅是向我搖了搖頭，看起來一無所知，至於飯店經理也不知道上哪去。我焦心地快要喘不過氣來了。如果路亞跑去外頭，分明會經過這裡，怎麼這群人一個個的回答都是「沒看見」、「不清楚」，太不負責任了吧！

「這像話嗎？怎麼會完全沒有人看到他呢？如果我哥哥出了任何意外，我會一併告你們怠忽職守的，做好心理準備吧你們。」

聽我如此譴責他們，他們也只道了歉說聲對不起。我正打算從後門出去，卻被一位男性服務人員攔下——

「親愛的貴賓，本飯店規定，午夜十二點後禁止出入後院。」

我不顧他所說，而一股腦地向外衝刺，他也沒有跟著追上來，彷彿是他更不想進後院一樣。一夜之間似是下了場雨，我有點被嚇到，而暫時停下了腳步，昏黃的燈光在潮濕的空氣中幽幽晃動。

我好不容易才躲開庭園裡處處可見的水窪，映入眼簾的是一個熟悉的身影正站在杏桃樹下——白色T恤配牛仔褲，我一眼便能認出那是路亞。

「路亞哥哥！」我叫出聲後，自己也嚇了一跳。

自韓恩英女士過世以來，這是我第一次親口稱呼路亞為哥哥。或許是聽到了我的聲音，慢慢轉過身來的路亞瞪大了雙眼。

「妳也起得太早了吧？有隻蟬從這樹跌下來，好像已經死掉了。」

接著他在杏桃樹下挖了土坑，著手埋葬那隻蟬。

我強忍住盈眶的熱淚，跑向那個男孩所站的位置。不知路亞有沒有搞清楚狀況，但他幾乎是反射性地向我張開了雙臂，而我也緊緊地抱住了他。從路亞的身上，傳來了我家棉被的肥皂香味。

「這都是怎麼一回事呀？」我們放開彼此後，我立刻開口問道。

「什麼怎麼了？」

「你讀完你媽寫給我的信了嗎？」

「妳發現了？」

「喂。」

「抱歉，我不是有意要看那封信的。是我怕妳著涼，走過去幫妳蓋被子的時候偶然看到的。」

「所以你竟然想那個？」

「妳指的是什麼？」路亞好似沒能理解我的意思，而用圓溜溜的大眼睛凝視著我。

「想了斷生命。」說出這幾個字，我的聲音微微地顫動著。

「誰想死？我嗎？太不像話了吧。我為什麼要這麼想呢？」

「你不是看到信件的內容所以傷心欲絕嗎？」

「雖然其中的內文確實令人意外，但那也沒有震驚到讓我想死啦。我早就察覺了，我的爸爸媽媽和普通的夫妻關係有點不同。妳也知道我媽這個人喲……跟『普通、平常』這些字眼有很遙遠的距離嘛。」

「那還真是萬幸。」

他的語氣跟往常一樣冷靜沉穩，看來應該不是在對我說謊。一直以來認知成爸爸的人其實不是生父——他竟然能在知道這種消息後還如此泰然。我又猛然覺得，或許路亞比我想像中的還要堅強得多。話說回來，那麼水果刀是跑去哪裡了？

「奇怪了喔。不是你拿走了嗎？」

「拿走什麼？」

「削水果的刀啊。我剛剛翻箱倒櫃也沒找到那把刀，害我多擔心你是不是心懷歹意、想殘害自己。如果不是你拿走的，那刀子到底消失到哪裡去了？」

接著他有些不好意思地笑了。

「哎呀呀，我還自以為偷偷摸摸不留痕跡，沒想到被發現了呀。那個……水果刀是我帶走的沒錯。」他一邊說著，一邊從外套的左邊口袋掏出了刀子。

「我本來打算埋在這裡的。為了不讓妳找到。」

「你怎麼會有這種想法？」

「其實……凌晨讀完那封信以後，我就睡不著覺了。裡面說憂鬱症也會遺傳，那妳怎麼沒告訴我呢？妳知道我有多害怕嗎？要是妳留下我一個人，自己先離開這個世界的話該怎麼辦才好？所以呢，為了不讓妳亂動歪腦筋，我才打算乾脆先把危險物品都收拾掉。但妳看起來完全不知道人家心裡多煩惱，倒是睡得很香甜呢，有夠欠扁。」

搞什麼呀？結果故事的起承轉合是這樣？

腦中開始想像他獨自坐立難安的模樣，我不由自主地笑出聲來。原來，路亞跟我，我們是因為相互擔憂、害怕彼此會受傷，事情才演變至此。

我們待彼此是這麼地親切，那世界為什麼總是不善待我們呢？

「別笑了，我那時候很真摯欸。」

「啊，抱歉抱歉。」

也許是因為如釋重負，終於讓淚水潰堤，我便用手背擦去眼角的眼淚。

「我沒得憂鬱症，所以你不必擔心了。就算我真的有心理疾病，我也不會自己先走一步、留你一個人的。」

「這什麼意思啊？是要我們同歸於盡嗎？」路亞驚恐地盯著我。

「我沒想過這個問題，不過那樣倒也不錯吧。」我嘻嘻哈哈地說道。路亞說著「不愧是個怪人欸」，然後跟著我笑了起來。雖然我不想承認，但那抹微笑……

真是看了多少遍都不會看膩。

即使我跟路亞不是同血同源的親生兄妹也無所謂，我跟路亞都沒有再針對這個部分多說什麼，因為那些如今在我們之間已經不再重要。我無法拋下路亞，路亞也無法離我而去，我們已經走進了彼此的世界。

「妳這麼擔心我嗎？」路亞露出了陰險的笑容，「妳剛才是不是叫我哥哥？」

「沒這回事吧？」

「『哥哥！哥哥！』剛剛整個亂成一團耶？全飯店的人應該都被妳的聲音吵醒了吧？」

「啊，我肚子餓了。」我刻意轉移了話題。

「要不要我做提拉米蘇給妳吃？再泡一壺咖啡，方便一起配著吃。」

「太陽從西邊出來了嗎？你不是老嫌棄咖啡的苦味嗎？」聽我一批評，路亞便尷尬地搔了搔頭。

「但它意外地有種魅力嘛。該說味道很有中毒性嗎？讓人經常念起它。更神奇的是，妳煮的咖啡是甜的，而且帶有果香。為什麼會這樣呢？」

「這個嘛……為什麼呢……」我若無其事地反問，不過其實我內心倍感震驚。因為我好像知道路亞描述的香味是什麼，我也聞過類似的香氣，那來自媽媽煮的咖啡，至於為什麼我煮的咖啡也散發著那種味道，我就不得而知了。

「等一下睡覺的時候，妳睡靠窗那側喔。」

「你說什麼？你怕了是吧？」

「妳把我當什麼看了？我只是想睡在靠牆近一點的地方啦。」說罷，他自己大概也覺得有點難為情，便喊著「呃，好冷！我們趕快進去吧」，一邊快步走回室內去。

我則將視線轉移到稍早路亞在看的杏桃樹上。

凝結的雨水如苔蘚般附著在枝上，那看起來很溫暖又鬆軟，就像蓋著透明的被子一樣。

我相信——這棵杏樹蓋好棉被了，定能在嚴寒中生存下來，所以我不必擔心。

這時，遠處傳來了路亞呼喚我的聲音：「李娜妃妳在幹嘛，怎麼還不快點跟上！」

「現在要過去了啦。」

此時此刻，我們一起站在夏日的盡頭。

我朝著路亞所在的方向走去。香甜的提拉米蘇、溫暖的咖啡和鬆軟的棉被在樓上等著我們。

那時，我們還不知曉，接下來我們將會經歷什麼奇怪的事情。

§

路亞手工製作了提拉米蘇，其味道超乎預期地美味。

路亞對自己頗有信心，按照約定在四十分鐘內便完成了一份提拉米蘇。我們友好地共享了一份甜點——那提拉米蘇由手指餅乾、奶油乳酪和杏桃果醬層層疊疊製成，最後再仔細且用心地撒上咖啡粉。路亞請我稍待片刻，然後他從冰箱裡拿出了棉花糖，而搭配棉花糖一起享用時，感覺味道更豐富了。雖然那是生平第一次體驗到的味蕾新世界，但算是頗有特色，還不錯吃。我想，當下覺得食物好不好吃並不重要，關鍵在於，食物是否有著魔力讓人想一吃再吃，有那份魅力便足矣。

「好……好吃嗎？」

我還咀嚼著嘴裡的那口提拉米蘇，但看路亞忐忑地等著我回答，我便心想著必須盡快回應他，於是在嚥下食物以前，我就脫口而出：「嗷吃。」

「剛剛的那句外星語，該不會是好吃的意思吧？」

「嗯嗯，嗷吃嗷吃。」

一邊說著，我一邊想像剛剛自己的臉該有多愚蠢，就笑出聲來了。或許是因為看到我笑了，路亞也才如釋重負，跟著我呵呵笑起來。

過去，我並不知道，如此地珍愛一個人，竟是美好至極的事情呀，真的美好到難以承受。

以前有一次，我得了重感冒。

然後在大病還沒有痊癒的狀態下參加了教育旅行，地點是濟州島。我以為，在欣賞濟州島的美景後，我的身體狀況跟心情都會跟著好起來。六月的濟州島真的比其他任何季節都要閃耀而美麗，然而，我的心情始終沒有好轉。那些我預想能夠為我帶來慰藉的壯麗美景，反而壓制住我的精氣，而當拜訪原先期待萬分的咖啡園時，我卻也只覺得咖啡的香氣讓我噁心想吐。咖啡園的草香與翠綠的光芒令人頭暈目眩，我光是為了忍受不適感，便已覺筋疲力盡。

那時，我領悟到了一件事。

即使是真正喜歡的東西，於我痛苦難過時，也可能會成為一種負擔。我現在不禁感到不安焦慮，也是出自於這個原因。

「要是在提拉米蘇專賣店販售這口味的話，一定會大賣的！」我邊用舌頭舔一舔沾在手指上的乳酪，一邊說道。

我不是說客套話，那份提拉米蘇大概進得了我人生品嚐過的提拉米蘇前三名。厚重感、甜度，乃至軟硬質地都表現優異，香氣跟味道都盡忠職守地呈現出各自的魅力、又恰當地處於中間值。感覺它可以稱上是相當謙虛的味道嗎？

「妳真的這麼想嗎？」一路亞臉上露出燦笑，甚至有些刺眼，他這樣讓我怪不好意思的。

「如果叫妳出一萬韓元買這個提拉米蘇呢？妳會買嗎？」

「有什麼好猶豫的？這水準的提拉米蘇竟然只需要花一萬韓元就能吃到耶。

要是我，我大概每天下班後都會去你店裡拜訪的，然後應該要暗自希望那天生意不能太好，要是都賣光了，可就沒我的份了。」

接著路亞的臉色急速黯淡，我正開始在腦中回顧剛剛有沒有講錯什麼話，他便低聲地說道——

「媽媽也說過同樣的話，說她要成為每天光顧的忠實客人……她也叫我不用擔心，如果當天有賣不出去的提拉米蘇，她就會自己全部買下來享用……」

這確實很像她會說的話，可能正因為如此我才鍾意她吧。

無論聽起來多麼微不足道，她都不會嘲笑別人的夢想。

「真懷念，我想念韓恩英女士了。」

「我立志要成為一個能夠給人們帶來溫暖與安慰的麵包師傅。無論外頭下著雪還是颳風下雨，希望人們隨時都能以舒適輕鬆的心情來到我的店裡，享用甜蜜的提拉米蘇，由此感受到幾絲幸福再離去。而且我得讓我的店在客人心中有特別的地位，而覺得『非這家不可』、『非這家的提拉米蘇不可』才行。然後我希望我的店面是一個溫馨的空間，能讓曾經是大學生的客人，在二十年後，帶著跟自己長得一模一樣的女兒前來，並介紹說：『媽媽每次學校考試考砸的時候，都會來這家提拉米蘇店，點店裡最甜的口味來吃呢。』如果我的店面對某個人而言能是那樣的存在該有多好？」

路亞將腿抬到椅子上，一邊用雙臂抱住膝蓋一邊說道。

「你一定會成為受人喜愛的麵包師傅的。」

我說的是我的真心話，而不是為了安慰他隨口說說的。

路亞有特別的力量，在任何悲傷的情況下，都能讓對方感受到心靈的平靜，他還有一個特殊的魅力，能讓人每次看到他時，都如初次見面般令人悸動。所以，凡是見過他一次的人，無人不喜歡他。哪怕只是簡短的問候，而沒有進行多深入的對話，也會對他有良好的印象。我很清楚，那種力量並非單靠努力就能獲得。

「我相信你的麵包能帶給人們安慰。因為你清楚何為悲傷。只有瞭解悲傷的人才能安慰悲傷的人呢。所以從這個角度切入時，你已經是個天生的麵包師傅。」

我豎起了大拇指。

「我應該要覺得高興嗎？」

「這不值得開心嗎？我也混淆了。總之，搞不好你是命中註定要成為麵包師傅的。不管發生什麼事，你可都不要放棄這個志業。我完全不願想像你做別的職業會是什麼樣子。」

「不管發生什麼事嗎？就算家裡遭小偷、一夜成了窮光蛋也是？」

「嗯，你就算變窮光蛋也得當麵包師傅。」

「即使明天世界就毀滅？」

「嗯，即使明天世界就會毀滅。」

我也想像路亞一樣，成為一個懷抱理想的人。我沒有夢想，所以我很羨慕路亞有夢想，想成為麵包師傅的夢想。雖然路亞常覺得自己的夢想微不足道，不過，就連那個小小的夢，我都羨慕不已。

我從小功課就不錯，幸運地一直拿下全校第一的頭銜，然後從十歲開始，我便下定決心自己要成為一名醫生，期許能治好媽媽的病，我一路上只以此為目標前行。我希望自己能夠出人頭地、獲得社會的肯定，期待可以聽到別人對我說「這孩子真優秀，邊照顧生病的媽媽，課業表現還可以這麼出色」。

所以，當醫生才會成為我的目標，我對醫生這個行業的感情不多不少只有如此。我覺得拯救瀕死病人需要一些使命感，而我才沒有那麼廣闊的心胸跟崇高的助人理想。

如果我真是個心胸寬廣的人，我理應不會不諒解自己的母親。

「我想，現在回家的話，彷彿還能看到媽媽躺在床上、爸爸坐在客廳沙發上看書。但為什麼會發生這些事情呢？為什麼偏偏是我們遇到呢？」

我隱約知道答案，但我並沒有回答。打從一開始就沒有「偏偏」，這些事僅是剛好降臨在我們身上罷了。

§

我們把提拉米蘇吃得一乾二淨，接著再次躺回床上、蓋著同一條棉被。

光線穿透了繪有花紋的窗簾、映在棉被上，在眼皮上閃爍的月光很是耀眼溫暖，月光承載著某種撫慰人心的力量，那是太陽不曾擁有的，使我的心變得像棉花糖一般軟綿綿的。

我稍微睜開了雙眼，可見窗戶上已有斑斑雨點。我打算徹底拉上窗簾，而起身走到窗邊。剛剛睡覺的時候沒注意到，窗戶留了一個縫，大至可以塞進一隻大拇指，雨水穿越窗戶的縫隙，並在縫隙附近積出了一個小水坑。

我把窗關緊後，好一陣子盯著那灘積水，接著從廚房拿了抹布擦拭周圍。隨著抹布漸濕，我的手指也被凍得刺痛，那陣冰冷從手指傳到了胸口，一場雨讓房間被淒涼所填滿。

本來拿著抹布擦拭水漬的我停下了手邊的工作，並呆呆地凝望著天空。

到今天早上為止發生的事情，都有如一場大夢。會不會打從一開始，我就沒有爸爸、沒有媽媽，或許，韓恩英女士跟路亞，都是我為了忘卻恐懼而創造出的假想人物，也或許昨天我是隻身下榻此間飯店、此刻也是獨自一人、餘生也大概會如此。是啊，其實從一開始，我便是獨自一個人的吧。

這時，後方傳來翻來覆去的聲音，我悲涼的思緒也就此暫時停下。

或許是因為覺得天冷，路亞拉起被子蓋過頭頂，而我則像是被雨聲所迷惑，好一會兒恍惚地呆站在原地。然後我想，要是我不打起精神，便可能會被這淒寒的氣息淹沒，並在無人知曉的情況下消失。如果哪天我消失了，路亞就會變成孤單一個人……那無論如何，我都得加油才行。

第五章

奇怪的國中生

門鈴響了。「叮咚——」

沒有人知道我們住在這裡，也不會有人要拜訪我們，那這會是誰呢？

我站在門口躊躇不前時，門鈴又響了。「叮咚——」

一瞬間，我感覺有人在盯著我。背脊發涼的我轉身一看，是娜妃不知何時已走到了我身後站直地看著我，充血的雙眼如兔眼般紅通通。

「喔？妳什麼時候起來的？」

我的提問一出，娜妃才緩緩地眨了眨眼睛，貌似還沒睡醒。

「剛起來的……話說回來，是誰按門鈴？你叫了客房服務嗎？」

「我沒有。」

「要不然還有誰？」

「我也不知道。現在才凌晨，不可能來叫我們退房，那麼是來打掃的嗎？」

「在大半夜打掃環境？」

「確實，我邊講也覺得蠻奇怪的。要不然還有什麼可能呢？」

「叮咚——」

刺耳的門鈴第三次響起，忍無可忍的我大步邁向玄關，抓住了門把。

「別攔我。再聽下去我覺得我的頭腦要承受不住了。」

我沒有解開門裡的防盜鏈，而直接稍微推門推出一道縫隙。

「請問你是？」

我問了兩三次，卻沒聽到任何回應的聲音。我又覺得心中一陣毛骨悚然，而娜妃則像是蟬一樣緊貼著我的背。

「完全沒人嗎？是有人惡作劇的嗎？」

「真的一個人都沒有嗎？」

「不信妳過來看看，真的沒……」

就在那時。

一隻如陶瓷般美麗白皙的手從門縫外伸了進來。

「呃啊啊啊！」

「呀啊啊啊啊！」

事情就發生在須臾間。

吃驚的娜妃拽了我的頭髮，又因此被嚇了兩次的我猛力地關上門。於是，震懾我倆的那隻手被門緊緊夾住。

「哎呀，會痛。」一聲音聽起來是位稚氣未脫的少女。

「啊啊，對不起。有受傷嗎？」

我迅速地解開門鏈、將門敞開。門外站著一位身穿校服的女學生，全身濕漉漉。比起高中生，她目測看起來比較接近國中生。不知是不是因為在外面站太久，女孩的兩頰通紅，眼睛無神失焦。

這女孩看起來是個有點危險的人物。

長髮被雨水浸濕、緊貼在胸口，透膚的襯衫下若隱若現地透出白色肩帶。

「妳的手還好嗎？應該很痛吧。不過妳怎麼全身濕答答呀？」我率先搭話，女孩卻貌似連聽都沒在聽，不顧三七二十一便想走進房裡。然後慌張的我便抓住了那女孩的手臂。因為短時間裡發生太多事情，我只腦海裡想著「欸？不行這樣耶？」反應不及的嘴巴卻動彈不得。

「不好意思，妳好像找錯間客房了。」

「我想……」

「妳說什麼？」

「我想喝一杯非常非常溫熱的咖啡……」

女學生說完，娜妃便以表示無言的表情看向我，那眼神是叫我想辦法的意思。雖然搞不清楚我自己為何要這麼做，但我從衣櫃裡拿出了一件浴袍，披在女學生微微顫抖的肩膀上，接著將她帶進室內、請她坐在餐桌前的椅子上，娜妃則開始用熱水壺燒水。

「拿鐵可以嗎？」娜妃問道。

緊閉著雙唇的女學生微微點頭示意。我靜靜地坐在女孩的對面，目不轉睛地看著她，無意識間已經有點過度明目張膽了。「李路亞！」娜妃為了不讓女孩聽見，而低聲地呼喚我。

「怎麼了？」

「別再看著人家了。直直盯著別人看很失禮。」

「但是很奇怪啊。她的衣著很奇怪、被雨淋濕這件事也很奇怪。而且進到別人的房裡，神情裡沒有一絲抱歉，又不分青紅皂白地叫初次見面的人煮咖啡給自己喝？妳不覺得很詭異嗎？我怎麼想都覺得她哪裡不正常，而且又很沒禮貌。」我舉著食指在太陽穴周圍繞圈。

「噓！再講她都要聽到了。」

我看向女學生那個方向，見她一臉精神恍惚地望著窗外，好險她似乎對我們這邊的談話不感興趣。

「是不是她外出時忘記帶傘，所以淋到雨了？既然全身濕透，想喝杯熱咖啡暖身子也是再自然不過。雖然小小年紀就想喝咖啡讓我有點意外，通常小孩不是應該更喜歡熱可可或牛奶嗎？」

「我想說的就是這個意思。誰會毫無顧忌地走進陌生人的房間？她的親友人在哪裡？她怎麼可能自己一個人來這種地方啊。」

「好，我來問問看她，你先老老實實地待著。我們一下子人多嘴雜，她說不定就更不願意開口了，畢竟她現在看起來也很恐懼。」

「不可能吧。她臉皮厚到可以指使陌生人泡咖啡耶，她還有什麼好怕的？」

娜妃這席話實在讓人難以置信。

然而，我也感覺得到，那女孩現在非常惶恐不安。

我不知道她究竟在害怕什麼，只知道至少與我們無關。且可以肯定的是，她的那個恐懼全然地傳到我身上，讓我也冷汗直流。

難怪，我總覺得那個女學生正把希望寄託在我們身上，她雖然沒有開口，全身卻似乎都在奮力吶喊，要我們聽聽她說話。

「姐姐，妳跟這位帥哥是什麼關係？你們是情侶嗎？」

女學生打破沉默，向娜妃問道。

「才沒有這回事。」

我們同時一臉正經。

「要不然呢？很好的朋友？」

「我們是……雙胞胎。」

「什麼？長得一點也不像啊。」

「欸那個……是兄妹啦。」

「到底是雙胞胎還是兄妹？」

我莫名地覺得在她面前總該道出真相，於是我坦白地說明了我們的關係。

女學生瞪大了雙眼。

「所以總而言之，你們兩位是同屆、且完全沒有血緣關係的兄妹？」

「嗯，挺好笑的吧。」

「嗯哼……一點也不可笑。我覺得你們兩個人微妙地很相似。臉是長得不像……但又有哪裡有點像，眼神或氛圍之類的。我本來感覺你們兩人之間流淌的氛圍很奇妙，不過我現在應該知道為什麼了。」

這話是什麼意思呢？女孩的話聽起來頗為模稜兩可。

她是指：原本感覺長得不相像的男女共處一室很奇怪，但得知我們是兄妹之後覺得合理了呢？還是聽到我們兩個是異父異母的兄妹，所以當散發出來的氛圍跟普通兄妹有所不同，又覺得可以理解呢？

想著想著我的頭都痛起來了。

別再想了，她應該只是隨口說說而已吧。反正迄今為止，也不是只有她一個人對我們的關係感到意外。

「請問可以借我讀一下那封信嗎？」

她是個充滿好奇心的孩子。娜妃從斜背包中掏出媽媽寫的那封信，接著那女孩有如將其當作寫給自己的信一樣，緊緊握在手中細細地閱讀，並且一邊說「真的很讓人感動」，甚至一邊擦拭眼角的淚。

「我也有個疑問。」我說道。

「什麼疑問？」

「妳叫什麼名字？」

「我叫白楊。不是有一首童謠歌詞唱『白楊～樹頂上～掛著片雲～』[3]嗎？你們沒聽過嗎？怎麼這麼神奇。總之，這名字是取自白楊木的白楊。」

「那妳今年幾歲？」

女孩第一次直視我的雙眸。

注目那對眼睛，我嚇了一跳。她的眼神清澈卻捎來陣陣寒意，讓人不敢相信她是一個活著的活人，空靈的眼神不像是在看著我，而更像是在看著我們兩個之間的透明帷幕。且即使空洞，她眼底卻散發著一股強勁的氣息，無論再強大的人都會在轉瞬間內被氣勢碾壓。

「我國一了。」

大概是自從得知她的年齡後，女學生看起來比一開始見面時更年輕了。顴骨和下巴的輪廓不太明顯、鼻樑彷彿尚在塑形的階段，深黑色的雙瞳乘載著稚氣和熱情的能量，且皮膚白皙透亮，好似能看見皮上的小絨毛。

「妳是一個人來住這間飯店的嗎？爸爸媽媽人呢？或是其他家人呢？妳忘記

3. 此為韓國的一首童謠《白雲》（흰구름），原歌詞為「미루나무 꼭대기에 조각구름 걸려있네，솔바람이 몰고 와서 살짝 걸쳐놓고 갔어요」。

自己的房號了嗎？手上有錢嗎？在哪間學校讀書？」

我將心中好奇的問題全都拋出來，接著從某個時間點開始，白楊又沉默不語，留我一個人丟了一堆提問。

「妳告訴我們妳住哪間客房吧？讓我們送妳回去。」或許是在一旁等得鬱悶，娜妃便插嘴補了這句。

女學生歪了歪頭，小聲低喃道——

「二〇二號。」

「妳跟誰一起來的？」

「我沒印象了。」

「連跟誰來的都不記得？」

「是的……好像有個人用剪刀把那段記憶剪了下來，我老是記不清那個部分，我為什麼會來到這個地方呢？」

接著她陷入了沉思，一邊「呼呼」吹著熱咖啡飲下。她又突然瞪圓了雙眼輪番看了我們兩個人，好像驟然想起了什麼。

「喝完熱呼呼的咖啡，我回想起過去的一切了。真的好神奇呀。姐姐，這咖啡是在哪裡買的呀？」

「是去星×克就能買到的普通咖啡豆耶……」

「不是耶。」

「妳的意思是……？」

「這咖啡真的跟一般外面的咖啡有點不一樣，該說更溫溫熱熱又美味嗎？」

「喂，倒了熱水所以當然是熱的啊。」

聽著女學生不著邊際的話語，我覺得有點不耐煩，聲音變得尖銳許多。

「妳爸媽知道妳在這裡嗎？」

女孩竟然搖了搖頭表示否認。

「我自己一個人來的，沒跟任何人說。」

「妳住這附近嗎？」

「不是。」

「那妳今天晚上要自己住飯店嗎？」

「沒有。」

「啊妳剛才不是說妳一個人來的嗎？」

「煩死了，哥哥你是什麼頑固的長輩嗎？」

我瞬間氣得啞口無言。看我呆坐原地，娜妃拍了拍我的肩，像是要我振作。

「好，我都說，但你們要先答應我，在我講完話以前，你們不可以打斷我，一般的回話可以，但我不接受提問。」

我們點了點頭。畢竟也沒什麼理由好拒絕的。

「那麼我就相信你們會配合了，一定要遵守約定喔。」

女學生短暫地闔上雙眼，再次睜開眼睛後，她開始娓娓道來自己的故事。

「你們還記得前年夏天的雨下得特別大嗎？曾經有一天，天空像破洞一樣下了傾盆大雨。那天我一如往常地出門上學，但心情卻很反常，而且不是單純因為天色有異……總之我的下腹一陣一陣刺痛，又覺得噁心想吐，心情真是糟透了。現在回想起來，那時，好像是我的身體已經預知到爸爸的不測。」

接著，她為了喘口氣，又飲下了一口咖啡。

話說回來，這女孩出乎意料地很多話又嘮叨，我忽然猜想，要等她講完故事，大概得聽到隔天早晨了，想到這裡，我便已經筋疲力盡。

「我爸爸以前是位消防員。我到現在都認為，世界上沒有比消防員還更厲害、更值得崇敬的職業了，因為他們持續為著素未謀面的人們奉獻己力、甚至賭上性命。前年夏天，清溪川附近，有三位國中男生被雨水沖進人孔蓋裡的事故，你們還有印象嗎？那陣子新聞也鬧很大耶。」

「啊，我記得，竟然已經過兩年了呀。」娜妃喃喃自語道。

「那時候殉職的人就是我爸爸。」女孩面帶哀痛地說道。

「什麼？？」

原來如此啊，所以她的雙眸才會看起來那麼空洞啊。

「一開始我完全不敢相信，爸爸竟然就這麼走了……爸爸不會丟下我一個人才對呀……但是辦完了喪禮，我目送爸爸躺著的棺木埋進地下後，我才意識到這不是夢而是現實、是確確實實發生在我身上的事情呀……現實太殘酷又不講理了。不過你們知道嗎？比起幽靈，我更害怕活著的人呢。你們看過幽靈嗎？」

娜妃和我同時搖了搖頭。

「我有。」

我看向娜妃，同時解讀她的表情，我想娜妃應該也和我所見略同——雖然這麼說很令人遺憾，但這女孩絕對不正常。

「雖然你們可能不信，但是我真的看到了。大概是葬禮結束一週後吧。我看見爸爸若無其事地出入我的房間，再走向客廳、坐在沙發上看電視。有些日子，還會看到爸爸站在陽光明媚的窗前做運動，而且我一點也不害怕。別說害怕，我反而覺得比任何時候都放鬆，彷彿能就此安詳睡著。所以有一天，我對爸爸搭了話。」

「妳跟他說什麼？」

腦中還來不及阻止自己插話，我便已經從嘴裡拋出了疑問。她的語氣、乃至所描述的內容都十分自然流暢，使我情不自禁沉浸在她話語的情境裡。

雖不知怎麼回事，但聽到我問問題，女孩並沒生氣，還老實回應了我的疑惑。

「我問他，『爸爸，你也要來餐桌這邊吃泡麵嗎？』但是他就像看不見我一樣，直接與我擦肩而過。不知他是沒認出我？還是他真的看不到我？為什麼我可以看見爸爸，他卻看不到我？那瞬間……我的兩腿發軟，接著忍不住眼淚，所以大哭了一場……那時，我大概比爸爸去世時還更傷心吧。」

可能是當時的那份情感復燃，女孩眼眶泛紅，好似眼淚隨時都能撲簌落下。

「妳有跟媽媽提過這件事嗎？」我問。

「哪件事？」

「看到爸爸的事情。」

「我要是跟她說，她肯定不會相信的，就算相信了我也無所謂。」

「媽媽不會覺得高興嗎？如果妳說看到了去世的爸爸。」

「她應該不在乎吧。自從爸爸去世以後，我跟媽媽凡是開口就會吵架。我媽是個無敵嘮叨王，該讀書了吧、該洗洗睡了吧、吃飯的時候不可以發出嚼嚼嚼的聲音、筷子不要含在嘴巴裡……爸爸在世的時候她還比較收斂一點……她最愛唸的就是『妳長大想當什麼？』」

「哇，真神奇。我媽媽也成天問我長大後想成為什麼，而且，媽媽說她小時候也聽奶奶的這句話聽到膩了，這是天底下所有媽媽們的共同語言嗎？可惜我現在連那些囉唆的嘮叨都很想念。」

顯然我的話完全沒有安慰到白楊。她潸然淚下，看著她淚如泉湧，我也不安了起來，該怎麼辦才好，我擔心再這樣下去她會哭到暈倒。

「再喝幾口咖啡吧。喝了心情會平復下來的。」

娜妃又往空著的馬克杯裡倒入了咖啡，接著女孩用顫抖的雙手接過了杯子。

「妳媽媽是不是心裡也積了很多痛苦呢？」

「但是她怎麼可以老對我發火呢？那媽媽到底為什麼要生下我？我不能帶給她多少慰藉，而只是個礙手礙腳的存在罷了。」

窗外的雨下得比剛才更大了。要形容現在透過玻璃窗所見的滂沱大雨，比起使用動詞「下」，或許用「傾瀉」更為貼切。

傷心的白楊既對母親有所不甘，卻又因著她而不斷否定自己，她的心聲伴著雨聲，如實地傳進我們耳中。

§

我走到床邊拿起了手機。

「你打算做什麼？」白楊看向我，以警戒我的語氣問道。

「我想聯絡你們家的人。來，報妳媽媽的電話號碼。」

「沒用的。」

娜妃說著「好吧」，並起身從我的手中搶走了手機。

「你回到座位上吧。先聽完她的故事嘛。」

娜妃的語氣聽起來選擇站在白楊那一邊，讓我覺得很生氣。

「不，我實在忍不住了。妳現在該待的地方呢，不是這裡，而是妳家。回家裡再跟妳媽談談吧。」

「我也清楚這樣對我沒有任何幫助。」

「那妳現在還待在這裡做什麼？」

「喂，你太大聲了。」

哎呀呀，我大概是情緒不自覺地上來了，娜妃於是用手摀住我的嘴。

白楊瞇著眼睛瞪向我，也許剛剛稍微泛了淚，充血的眼球比原先顯得更紅了。

「回家沒用的，因為家裡沒有人。自從四天前開始，媽媽把我託給奶奶照顧，自己就待在這裡，她說她想一個人休息。而我來到這裡的理由也是這個。」

「啊……！」

我想，腦中突然呈現一片空白大概指涉的就是這種情況吧。

「對不起……我太激動了，明明連這些細節都不知道。」

我意識到自己剛剛太咄咄逼人了。

但我也無法就此坐視不理。每看到白楊，我便會聯想到放在桌角的玻璃瓶。她的狀態就像那不知何時會破裂的玻璃瓶一樣驚險危殆。

「妳要不要吃這個？吃了心情會好一點。」

我從廚房拿來一塊剛才吃剩的提拉米蘇，默默地推到白楊面前。小小的行動卻有如一陣魔法，將房間裡的氛圍翻轉，三人之間流淌的尷尬不知不覺消失，取而代之的是緩和溫暖的空氣。

「我真的可以吃這個嗎？」

好似不曾發生過任何憂傷的事情，她豪不猶豫地拿起叉子、狼吞虎嚥地吃下提拉米蘇。

「裡頭夾的杏桃醬真是神來之筆！」

享用完提拉米蘇後，她甚至打了個滿足的飽嗝。

「我爸爸呀……本來也是個麵包控，因為自己喜歡吃麵包，所以總會買一堆紅豆麵包跟奶油餐包回家……他還在世的時候，我們經常這樣一起坐在餐桌前分食麵包呢。我真想跟爸爸分享這塊提拉米蘇，可惜現在不可能如此了。」

白楊的臉色跟外頭的風景一樣黯淡無光。

任何人在任何地方，都會存有美好的記憶。

仔細想想，我跟媽媽之間也有美好的回憶。

每日早晨，睡眼惺忪的我第一眼看到的媽媽總是在喝著咖啡。若我繼續盯著她，她便會不發一語地再煮一壺新的咖啡給我。

有件事我沒能跟娜妃坦白——我本來也喜歡喝咖啡的。但奇怪的是，我唯獨喜歡媽媽煮的咖啡，媽媽的咖啡總莫名地散發出甜甜果香，而如今我會喜歡上娜妃牌咖啡，也是出於同樣的原因，娜妃煮的咖啡很奇妙，帶有與媽媽手藝相同的香氣。

某次，娜妃跟我說，她的咖啡是為了珍貴的人而用心製作，所以乘載了那份心意的咖啡才能如此香甜。

我想我真的很愛我的母親。

春、夏、秋、冬四季，我們每天早晨都會面對面坐在餐桌喝熱咖啡，即使在炎炎夏日，我們依舊喝著熱飲。在品嚐咖啡的時候，媽媽通常不會說話，於是我也跟著安安靜靜地閉上嘴。那可以算是一種寧靜示威吧，家裡一片寂靜，足以讓人懷疑住了兩個人的屋子裡怎能如此悄無聲息。

但我並不討厭那個寂靜，反而從靜中體驗到溫暖。

隨著季節遞嬗，每個早晨約略會有不同之處，甜蜜的櫻花香、從遠處江邊吹來的風、飛機經過時留下的機尾雲、耀眼奪目的藍天、裝著熱咖啡的馬克杯……那些早晨收集了我喜歡的各種元素，所以我好喜歡那些日子。

只要每天早上都能這樣一起享用美味的咖啡，我想，媽媽就算永遠都不跟我搭話，我也無所謂。

「哎呀真是的，早知道就該先放涼再給你喝的。你是不是喝不了太燙的？」

媽媽每次都一樣這麼說。即便如此，這句話也沒有讓人覺得厭煩。

「所以妳打算怎麼做？」娜妃問道。

我轉過頭仔細觀察白楊的臉，她帶著依舊乾涸無力的眼神回道——

「還能怎麼辦呢？我人都到這了，總該跟她見一面再走吧。我已經都做好心理準備了，要是媽媽把門上鎖、拒絕和我對話的話，我哪怕是放一把火燒了飯店，也會想辦法逼她開門的。」

「難道為人母親的人會不想見自己的女兒嗎？」

「我呀，如今，跟媽媽吵架也已經吵累了。所以我下定決心了，你們沒有人可以妨礙我執行我的計畫的。」

「計畫？什麼計畫？妳該不會想放火燒掉飯店吧？」

「沒有人可以阻止我的。」女孩丟下這句話，便突然從椅子上跳起來，衝向外面的走廊。

第六章

飯店特製的手作杏桃果醬

我們還來不及勸阻，女孩便以迅雷不及掩耳的速度消失了。我趕緊撥打了飯店的內部電話，聽了三秒鐘左右的撥號音後，電話是由經理接起的。

「您好，這裡是達爾葳妮大飯店，我是飯店經理金滿郁……」

「出……出大事了……！有一個女孩子跟媽媽大吵一架，然後打算縱火燒掉飯店……」我的聲音瑟瑟顫抖。

「請問您說誰想要縱火呢？」

「那個女學生……她住在二〇二號房……她突然跑來我們房間，然後說她有什麼計畫之類的，之後就跑出去走廊了……你們現在快去那個房間看看吧，要趕在她真的放火之前阻止她才行。」

「親愛的貴賓，請不要在大半夜開這種玩笑。」

「我是說真的！請相信我！」

空氣凝結了一會兒，接著傳來了經理的嘆息聲。

「可以麻煩您再詳細說明一下剛才的情況嗎？您說女孩子有什麼樣的計畫呢？」

他的態度實在過於冷靜，冷淡到令我心煩意亂。

雖然我不知道娜妃的堅強跟沉著從何而來，然而，當我慌亂地對著話筒胡言亂語時，我可以感受到她正努力沉穩地判斷情勢。她打開客房門，鎮定地環顧走廊一周，接著又走回房間客廳，並搖了搖我的肩膀。

「喂，李路亞。」

我抬不起頭，好像有人用力地壓著我的後頸一樣。我想著，要是我抬頭、與娜妃對上眼，她彷彿就會接著對我說——一切已經來不及了。

娜妃似是低聲地說了些什麼，於是我費力地抬起頭望向她。

「妳說了什麼？」

「剛剛什麼事情都沒發生。」

「什麼意思？」

「剛剛那個女孩喝過的咖啡、嚐過的提拉米蘇……完全沒有被動過的痕跡。」

「這太不像話了，是妳看錯了吧？」

「是真的，你自己看看這邊。」

我走到娜妃身旁，掃視了餐桌上的杯盤。

娜妃沒有說謊。女孩續過一杯咖啡的馬克杯？是滿杯的狀態。女孩吃完後還打了飽嗝的提拉米蘇？看起來完全沒有被動過。

我的喉嚨裡像是卡滿了沙子，頓時啞口無言。即使我親眼目睹了眼前的這一切，我仍感到難以置信。若剛剛真實發生過那些事情，那麼該被清空的食物怎麼可能還留在原位呢？

「這不是夢吧？我們好像被鬼迷惑了。」

也許正如娜妃所說，我們真的被鬼神蠱惑了。

平心靜氣回想起來，今天一整天下來，心情總是哪裡怪怪的。

電話另一頭的經理在呼喚我：「喂？貴賓，煩請您出來，over。」

「那個……看來是我們搞錯了，非常對不起。」

當我正要掛斷電話時，經理提出了一個令人吃驚的問題。

「請問您是不是看到了一個身穿藍色校服的女學生了呢？全身濕透的狀態。」

「對！你怎麼會知道？」——是她常常來這家飯店嗎？我心想。

「她看起來如何？」

「哪種……？」

「她的狀態，看起來很不穩定對吧？」

「對。算是吧……看起來很焦躁不安。」

——雖然不比現在的我就是了——我省略了這句話。

「你們有聽到那個女孩子的名字叫什麼嗎？」

「她說她叫白楊。」

耳邊傳來了經理「哎」的一聲嘆息。

「親愛的貴賓，請別擔心，那個女生不是活人。」

「她不是人？」

「您不知道嗎？」

我本來想大吼一聲「我怎麼會知道！」但我忍住了。所謂「毛骨悚然」指的大概就是這種感覺吧。在一旁靜靜聽我們通話的娜妃貌似也受到了不小的衝擊，而用震驚的表情看著我，並喃喃自語地說「果然是幽靈啊……」

「錯！她不算是幽靈。在我們飯店裡，住著一隻精靈，而且那隻精靈很淘氣，所以你們遇到的白楊，高機率也是那精靈喬裝的，她偶爾會這樣，以人類的形象出現在客人面前。」

「她為什麼要這樣呢？」

「因為她太孤單了。任何人只要感到孤獨，便會需要一個能夠聊心事的對象嘛。」

我實在太難相信他所說的話，所以一時語塞，什麼話也接不上來。

「親愛的貴賓，請問您是不是有在午夜十二點後進去我們的後院呢？」

「什麼？呃沒……沒有……」

「好吧。既然事情已經落幕，祝福您今晚能好好地歇息。」

經理率先掛了電話。莫非真的是因為我們違規進入後院，才遇上精靈的？

幸好她不是個壞精靈。「原來精靈也會害怕孤獨啊。」想到這裡，我便覺得她親切地像我們的朋友一樣，同時我也對她心生憐憫與同情。

「若早知道她是精靈的話，我就會更善待她一點了。沒想到那個女孩是這麼孤單的存在。」娜妃苦笑地說著。

「我也是。」

「哦？外面的雨停了。」

娜妃所言甚是，外面天色晴朗，好像從沒下過雨一樣。

雨後的天空藍裡透亮，使任何的傷悲都顯得微不足道。

我好開心能跟那個女生對話。她為什麼會選擇找我們搭話呢？她或許從我們身上感知到了悲傷的氣息，於是相信我們能理解她的苦衷。

「那位白楊精靈應該還會再來找我們吧？」

「可能會吧。」

「那我們早上離開之前，我得準備提拉米蘇給她才行。搞不好她以後會帶爸爸一起來享用嘛。」

「白楊應該會很喜歡吧。」

於是我比往常早起做了提拉米蘇，而娜妃也在一旁幫忙。我們將製成的提拉米蘇置於餐桌正中央，等待她的到來。等得無聊的娜妃，順道把熱咖啡也煮好了。

然而，那女孩終究沒有出現。

我們將提拉米蘇和咖啡留在原地，接著便離開了客房。

§

「請問要辦理退房手續了嗎？」

經理看起來昨晚睡得很好，而不禁使人懷疑他到底是不是我今夜凌晨通過電話的人。不過奇妙的是，我分明也因為半夜的那陣騷動沒能睡太久，但一早起床時，仍像連續睡了好幾天一般神清氣爽。

「我還要加購一罐那邊的果醬。」

我將房間鑰匙歸還給他後，用手指著堆疊地像金字塔的罐裝杏桃果醬。經理稱讚我們很有眼光，接著一邊哼著歌，一邊拿下擺在最頂端的果醬罐。

「請問這是多少錢？」

「二十萬韓元呦。」

「什麼？怎麼會有果醬賣這麼貴？」娜妃和我同時震驚地喊道。

「他果然是個騙子」——我低聲地對娜妃說。經理則面帶笑容，似乎覺得我們很有趣。直到最後一刻，他依舊是如此難以參透的神秘男子。

「不過針對我們飯店的貴賓呢，我們提供終身零利率賒帳的選項。」

「賒帳？終究還是得還清是吧？」

「是的。不過，至於還不還錢全是客人的選擇。貴賓在我們飯店好好休息後，未來某天真正感受到幸福的時候，再來付清款項即可。」

「我們也有可能變幸福嗎……？」

「當生命迷失了方向時，不如先制定一些小目標吧。所謂積跬步以致千里，完成一個個小目標、累積小小的成就感，就已經是成功的一半了，因為那份生命的意義感便是幸福的泉源啊。」

他在罐子上繫了蝴蝶結，接著再遞給了我。

「來，請收下果醬，祝您能因此獲得幸福。」

我放下背包，並拿了件T恤包裹住那罐果醬，以防止它撞碎掉。大廳裡有數位服務人員出來歡送我們，那四個人似乎都對自己的工作很滿意，所以看起來都樂在其中。我們向他們打完招呼後便離開了飯店。身後傳來了經理與服務人員宏亮的聲音——

「歡迎隨時再次光臨！」

§

「白楊今天為什麼沒出現呢？」回家的公車上，我如此問道。

「因為現在不再感到孤單了？」娜妃平靜地回應。

「嗯……那真是好消息。」

每次都這樣，娜妃總是能輕易地說出一些我永遠想不到的見解。

「如果白楊是個真實存在的活人，我會想再多多鼓勵她拿出勇氣——包括她媽媽也是。假如兩個人都鼓起勇氣開誠布公地對話，她們應該就有機會和解了吧？就像我們一樣。」

娜妃靜靜地點了頭表示附議。

「真希望她可以好好享用提拉米蘇，我都那麼認真做了。」

窗外蒼綠色的景致飛快地掠過。山麓徹底被青草覆蓋，好像隨時會出現獐子在上頭四處奔走，反射的光線映得山野閃閃發光，美得令人窒息。類似的風景反覆高速略過，看著我逐漸發睏。我一手抓著杏桃果醬、另一隻手牽著娜妃的手，接著緩緩入睡。

娜妃的手很溫暖。我做了一場夢，夢到我跟娜妃躺在飯店的床上、一起好眠到天明。我現在再也不覺得孤寂了。

因為我的身邊有一個可以自在談心的人呀。

第七章

感恩祭

今天是我第一次上到夜班。因為明天要舉行感恩祭，經理說人手不夠，便苦苦哀求我們留到晚上十點，他都雙手合十拜託我們了，我實在不好意思裝作沒有這回事。

「但是您一定要如實給加班費喔。」

「由美小姐真是不留情面。」

「怎麼能說我不留情面呢？這牽涉到勞動者的權利，也是我們理應得到的津貼。」

但那時候我應該逃跑的。

我被經理帶到一個規模甚巨的活動現場。不，是「勞動現場」。木桌上擺著我從國小畢業後就再也沒見過的文房四寶——紙、墨、筆、硯。該不會是叫我用毛筆畫蘭花之類的吧？

「來，妳今天的任務呢，是畫三百株蘭花，一張一株。」

「老闆……啊不是，經理，這太不像話了吧。我為什麼要在大半夜畫蘭花呢？加班費就算了，我要下班回家。」

「等一下，聽我解釋嘛。好，由美妳說的也有道理，深夜留一個女生畫蘭花不太合宜。不如我們做個交易吧，全部改成寫『吉』字，這樣簡單許多，沒那麼淒慘了吧？」

雖然我吵著要回家並不是因為我覺得自己有多可憐，但比起畫蘭花，這個提案算是好多了。我們握手表示達成協議，於是晚上九點、伴著漆黑的房間裡的一盞煤油燈，我開始在三百張宣紙[4]上寫三百次「吉」。我有如在體驗成為古時讀書人的感覺，提起筆、一筆一劃地寫字，靜下心來的感覺還不錯，以後情緒不穩或心煩

4. 原文為「한지」（韓紙），韓紙又名「高麗紙」（고려지），該詞彙用於稱呼產自朝鮮半島的書畫用紙，此處為方便理解，因而譯作宣紙。

意亂的時候或許可以應用一下。寫完三百個「吉」字後，時間已經來到晚上十一點，要是我太晚回家，家裡的人肯定會很擔心，所以我是時候起身了。

我懷裡抱著一大疊宣紙走到經理的房門前，敲了門卻沒有人應門。我猶豫了片刻後，決定自己開門進去。房間比我想像中還要乾淨，除了四處堆放的書之外，沒有什麼其他東西，反倒有點像家裡附近的小書店。經理坐在靠窗的沙發上沉沉睡去——桌上筆記型電腦停在整理客人名單的畫面、細長的手指尚且置於筆電的鍵盤上，他便趴著睡著了。

我本來想著「稍微看一下應該沒關係吧」，後來又覺得偷看別人的東西像是小偷的行為，索性作罷。

「經理，我要下班囉。」

我將一大疊宣紙放在沙發邊上，接著在他的身邊坐下。由於今天工作量太大，我也睡意襲來。接著，經理冷不防地轉過身來，害我的心臟漏了一拍。「難道經理對我有意思嗎？」可惜他顯然還在睡夢之中。而就在這時，他手裡握著的照片映入我的眼簾，照片裡是某個女性和一個男孩站在紅色招牌的咖啡廳前合照，店面招牌則用英文寫著「Elephant House」，顯然那不是在韓國、而是在歐洲的某個街頭拍下的照片。

這是經理小時候的模樣嗎？那旁邊的女士又是誰呢？媽媽？也搞不好是老師？雖然搞不清楚誰是誰，但兩人的關係似乎相當親密，更何況經理將照片握在手裡入睡，這勢必是他很寶貝的照片。

他看起來就像一個不懂事的王子一樣。

我默默地看著經理熟睡的側臉，接著脫下連帽外套蓋在他身上後，便離開了房間。

§

陽曆九月九日，白露到來，今天是舉行感恩祭的日子。

據滿郁經理的介紹，今天的感恩祭是九十年一回的盛事，透過祭祀活動，感謝杏樹神保佑來訪飯店的貴賓們能平平安安。

由於這是我第一次準備祭祀類型的活動，從早上開始就忙得不可開交。見昨天我在準備清單上列了「燒豬頭」，經理於是把我狠狠地訓斥一頓。

「由美，我是素食主義者，所以我們飯店也只提供素食料理，請幫我準備水果和糕點類即可。」

「不好意思，我並不曉得。」

「沒事的。我們再慢慢瞭解彼此就行了。」經理微笑地對我說道，彷佛自己從來沒有生過氣。他發火的時候很可怕，笑起來卻又非常溫柔。

我坐在桌子前，正在用繩子綑綁待會兒要掛上杏樹的麻糬，而包住麻糬的竹葉上則還垂著昨晚我用毛筆寫的「吉」字。

經理究竟是一個什麼樣的人呢？

說實話一個月下來，我至今依舊摸不清他是什麼樣的人物。首先，他的名字，為什麼用這麼女性化的名字就相當費解，感覺背後一定有什麼緣由，但那到底是什麼呢？再者，他的實際年齡也很神秘。仔細回想上次在後院裡偷聽到的對話，他分明說他已經管理這家飯店五十年了，然而，無論怎麼看，他都頂多像三十歲出頭而已。再加上以前實習生時期的年資，他又具體地算出「六十九年又兩個月」，聽起來完全不像是編造出來的數字。而且最關鍵的是，那天與他講話的對象也相當真摯，要是他是在開玩笑的話，對方也不可能這麼認真跟他對話吧。

「經理是如何接下這家飯店的呢？」

按捺不住好奇心的我，走到正在整理桌子的載熙身旁，小聲地向他問道。載熙停下手邊的工作後聳了聳肩，回答說他也不太清楚。

「沒有人知道有關經理的任何事情。我和由美姐妳一樣，本來都是收到住宿邀請函的客人，而且經理也不是會對誰吐露心聲的類型嘛。」

「那倒也是。」

這時，飯店外傳來了震耳欲聾的轟隆隆聲。我掩住雙耳碎唸：「是誰一大早就開始飆車呀？」好歹今天是舉行感恩祭的大日子，飆車族就別來打擾了吧。我捲起衣袖、拉緊圍裙的繫帶，用力甩開門後走了出去。

「Excuse Me，不好意思打擾，非本飯店的貴賓一律禁止進入。」

一個小伙子帥氣又俐落地跳下摩托車。無袖背心與鉚釘馬甲、粗壯的手臂再搭配墨鏡，任誰看都是飆車族。

「由美姐……」從後方追上來的載熙拉了拉我的衣角並叫住我。

「別怕，交給我來解決。」

男子脫下安全帽，戴著墨鏡大搖大擺地走來。嗯？這個髮型好像在哪裡見過耶？我雖然內心很緊張，還是裝作無所畏懼地直挺挺站立。

「禹鎮宇爺爺，您今天遲到了呀？」載熙向那位男子打了聲招呼。

「禹鎮宇爺爺？那個飆車族？」我嚇得目瞪口呆。

禹鎮宇是「Mr. WOO」，也就是禹老爺爺的本名，那輛摩托車是他的愛車。禹鎮宇爺爺亦是在飯店工作超過二十年的資深員工，儘管他看起來也有一些不為人知的故事，但我當然不太敢開口問。且雖然他已經年過七旬，人卻依舊硬朗、擁有一身健壯的身材，根據目擊者載熙所說，禹爺爺每天晚上都會在自家房間裡運動三小時鍛鍊肌肉，反觀我自己，沒走幾步路便已經上氣不接下氣，所以見到禹爺爺不禁使我開始反躬自省。

「經理應該不知情吧？對不起了兩位，我的寶貝『哈雷』今天狀況不是很好，剛剛去進廠維修一下，所以才晚了點。」

「哈雷是……？」我歪著頭問道。

載熙於是小聲地在我耳邊說：「Harley Davidson。哈雷戴維森是一個摩托車品牌的名字，禹爺爺於是幫自己的愛車取綽號叫哈雷。那車是他的孫子送的禮物，所以他把它當寶貝一樣愛惜。」

「啊哈……」我這時才理解。

聽說禹老爺爺跟孫子的感情並不好。他女兒年僅十七歲便未婚生子，當時在爺爺眼裡看來，女兒年紀還小、不足以撫養小寶寶，於是就由爺爺代替自己女兒、親自帶大了孫子。後來女兒又和其他的男人對上眼、離家出走，爺爺身邊僅存的家人只有那位孫子了。然而，由他疼愛呵護到大的孫子竟忘恩負義，一成年後便說「這輛車就算是報了養育之恩」，接著只留下一輛摩托車便離家出走，至今依舊聯絡不上。

「爺爺，您打算騎那輛舊舊的摩托車到什麼時候呀？雖然如果當二手車賣掉的話，它的車況算是很不錯，但要是騎那輛老車騎到發生事故，可就不好了呢。」

載熙真誠地為爺爺感到擔心，而這麼說道。然而，禹爺爺搖了搖頭。

「這車是皓植送我的，我絕對不賣～」

皓植似乎是爺爺孫子的名字。

「不管講人還是講摩托車，一旦建立起關係，那關係就像長流的細水一樣，不是我隨隨便便拿刀就能斬斷的。」

「我們雖然沒辦法截斷水流，但我們可以任它流走。」

「我們也在那水流上漂浮，所以會跟著水流一起溜走的。」

禹老爺爺堅持己見，於是載熙也舉雙手投降，顯然爺爺還沒做好心理準備送走任何人事物，包括忘恩負義的孫子、以及老古董摩托車——或者說，他之所以不願意賣掉摩托車，正是因為他覺得賣車形同放棄了自己的孫子吧。他先走進了飯店，我們也緊隨在後。

「不過載熙，你說你也跟我一樣是客人嗎？」

「是的，我也收過那封邀請函。大概……是去年冬天的事情了吧。」

載熙從皮夾裡抽出一張照片給我看。照片的拍攝地點是操場，照片裡有一群小孩，三男三女，大家手裡都各自拿著麵包或香蕉牛奶，開心地對鏡頭燦笑合照。

「這些是我的弟弟妹妹們。」

「嗯？全部都是你家的人嗎？」

「人有點多對吧。」

「不是有點，而是非常多才對吧？而你是多胎家庭裡的長子呀。」

載熙的臉色沉了下來。接著，他開始掏心掏肺分享自己來飯店打工的契機。載熙的父母在二十歲時生下了載熙、此後又陸續生了六個子女。有一大群弟弟妹妹要照顧的載熙，從小就必須展現出長子的成熟穩重，所以他過得挺辛苦的。他的成長發育速度比一般人略快些，進入國中時期後，他就開始兼職模特兒，即使賺到的錢不算多，但也算是能為家裡減輕一些財政負擔，於是他很積極投入模特兒的工作。另外，載熙的父親是物流司機、母親則在超市工作，勉強能讓一家子餬口度日。

然而有一天，一場事故發生了。

當時受到新冠疫情影響，物流業務急劇增加。載熙的父親於是每天需要運送三百件以上的包裹，加上他所工作的物流公司承辦不少店家叫貨的包裹，致使他有時得幫店家搬十大包米、有時則遇到湯飯店叫了十袋二十公斤裝的生薑等等，常常需要運送一些食材或美容用品等重物，身體的負擔自然非常大。父親常忙到沒有時間去上洗手間，導致他得到膀胱炎，而想當然耳，他也沒有空按時打理自己的三餐，只能在集貨的時候，勉強趁空吃碗泡麵再啟程。

事故當天凌晨，載熙父親搬完米袋後，從店舖的臺階上滾了下來，摔斷腿又腦震盪。更嚴重的問題是父親龐大的醫藥費，那絕對是模特兒的薪水無法負荷的金額。母親的收入都花在每月的生活費及房租上，而弟弟妹妹年紀還小，根本連兼職都做不了。儘管載熙家向物流公司要求了職災理賠，得到的回應卻是「你們自己想辦法跟社長和部長談吧」。載熙說，就在那刻，是他第一次對社會徹底感到失望。

「公司部長是一個新上任的男性。他主張，那份勞動契約並非是與他本人簽署，所以沒有辦法視為職災、進行後續賠償。明明我爸爸在執勤過程中腦震盪、摔斷腿，卻誰也不肯承擔責任。」

最終，載熙辭去了本來模特兒的工作，轉行當起外送員，因為外送員是能在短時間用勞動換取大筆收入的工作。從來沒騎過機車的他買了一輛機車，並找了認識的哥哥學騎車，接著每天工作十二小時籌錢。他說，他有時候睏到邊騎車邊打瞌睡，多次差點出事喪命，但總之用了賺飽的薪水應付父親的醫藥費，也所幸爸爸的手術得以順利地結束了。然而，到那時載熙的身心已經疲憊不堪。

「我去了啤酒屋，徹夜都在喝酒，直到店家要打烊時，才有一個工讀生叫醒了熟睡的我，要我快點離開。於是被趕出門的我離開了啤酒屋，卻頓時覺得自己無處可去。我不想回家。要不現在就此逃家吧？我滿腦子都是這個想法。雖然不知道我為何變成那副德性，但當時就是意氣用事了，明明我知道，若是沒有我的弟弟妹妹們，我是鐵定活不下去的。」

「你那時一定是身心俱疲了吧。」

「可能那時候正值青春期吧。反正我喝得爛醉，搖搖晃晃地走在路上時，經理就突然站在我眼前，然後直盯著我。」

「我們經理？」

「是的。他說我經過的時候踩到他的腳了。」

真像那個人會講的話，明明跟人家是第一次見面。

「他說天很晚了，叫我回家去，還給我一張邀請函，請我找時間去拜訪一趟飯店。我一開始還以為他是夜店派出來攔客人的工讀生，但他們一般都會給名片才對。我覺得很不像話，便直接回家倒頭就睡。隔天早晨睡醒後，才半信半疑地來到了這家飯店。」

「原來是這麼一回事啊。相信載熙在你的弟妹眼中，一定是一個令人驕傲的哥哥吧，照顧弟妹可不是人人都能做到的易事呀。」

聽到我的稱讚後，載熙可能有些尷尬而臉頰通紅，一邊「哈哈」笑幾聲，一邊搔了搔後腦勺。我以為載熙一定沒有吃過什麼苦，殊不知看起來如此開朗的他，竟度過了比任何人都艱苦的生活。雖然他年紀比我小，但還真是有許多值得我向他學習的部分呢。載熙待客人相當親切、喜歡動物又熱愛自然，光是觀察他照顧貓咪的方式就能感受到他的為人。

我猛然想起那晚在後院裡偷聽到的對話。

「你有認識的人名叫『阿爾梅蒂亞』嗎？感覺像一個人的綽號耶？」

「阿爾梅蒂亞？」載熙瞪大了雙眼。

「那不是我們飯店的督導嗎？」

「飯店的督導？那是誰呀？」

「貓咪呀。每天由妳幫牠打理飼料的橘色虎斑貓。」

載熙用手指向正在櫃檯打盹的阿爾梅蒂亞。貓咪阿爾梅蒂亞我當然認識呀！

「牠就是飯店的督導呀？」

「我也不曉得，經理是這麼跟我說的，在這裡大家也都這麼稱呼牠。」

當我覺得有些失望時，載熙一臉調皮地走過來跟我說了悄悄話——

「我是猜測，那隻貓是不是這家飯店的老闆呀？」

「什麼？？」

這時，路過的經理勾起了我們的手，再盯著我們的眼睛——

「各位~有時間閒聊，還不如去練習感恩祭的舞蹈喔~」

「對不起。」今天到底道了多少次歉……我長嘆了口氣。

正要開始練習律動時，從圍裙口袋傳來震動聲，是媽媽打電話來了。

——**我們女兒適應得還好吧**？

我跟父母說我在飯店找到了一份工作，家裡的反應比預想的還好很多。

「我女兒竟然要在飯店上班呀！」

「那妳就成了Hotelier了嗎？」

我搪塞她說可以這麼理解。不過這工作真的可以叫飯店經理嗎？不管了！就算受到良心的譴責，當前首要任務是要讓父母親安心。當我說飯店位在會賢洞時，他們更滿意了，爸爸大讚我很爭氣，甚至擁抱了我，真的相當感人。媽媽曾說為了慶祝我找到工作，晚餐要吃牛肉大餐，但我以自己已經先跟朋友有約為由婉拒了，畢竟，我實在不好意思說「其實是因為我們飯店規定員工必須茹素」，幸好爸媽並未察覺有異樣。

——妳放心吧。今天經理也誇我工作做得很好。

——好唄，女兒加油喔。

哎。無論是找工作、還是正在工作的此刻，生活都不容易呀。不過重要的是，在工作的過程中，所感受到的悔意與滿足感何為多、何為少，就此基準來說，我對我當前工作的滿意度超過了二〇〇％。日復一日烤可麗露，我發覺我比想像中更有做烘焙的天分，而且每天工作時還能哼起歌來。此外，當經理不在櫃檯時，我也會替他接待客人。經理負責的工作不僅僅是接待客人而已——儘管他長得挺懶惰的，但其實他比我們任何人都還忙碌。

我好奇過「一直以來都是誰在打掃這飯店呀？」後來才知道，沒有再招聘清潔的房務人員是有原因的。舉凡整理房間、清掃走廊，再到後院的除草和幫樹澆水的工作，乃至收拾貓砂盆、訂購食材及整理郵件包裹等等各種雜事，都由經理一人擔起。掃廁所時，能看到他繫著圍裙、雙手戴好塑膠手套，舉著刷子用力地洗地板、刷馬桶。即便他包攬了這麼多業務，他卻不曾露出疲態，也從來沒有發牢騷或抱怨過。他非常以自己的工作為榮，使得在旁看著他的我也不禁發出感嘆，原來那就是對工作的自豪感啊。

「馬上就是舉行感恩祭的時間了。兩位也請換好衣服後出來吧。」

耳邊傳來一個正經八百的聲音，回頭一看，滿郁經理已經在自己的辦公室換好衣服後走了出來。這是我第一次看到他穿燕尾服以外的其他衣服，所以激動地心跳加速。我再次被他英俊的臉龐所懾服，接著失神似的走進了員工休息室。我拿起掛在休息室的衣服、換好裝後走出來時，經理嘴裡叫著「由美小姐」，並帶著稍顯嚴肅的表情大步向我走來。該不會是告白時間？

「那件是載熙的衣服。」

「啊哈哈……」

呼~又是我一個人自作多情了。

老爺鐘聲響。舉行感恩祭的時間到了。

§

下榻的貴賓們三五成群，聚集到園裡觀禮，也有少數幾位客人站在各自房間的陽臺上，舒服地欣賞我們舉行感恩祭的模樣。

祭典按照演練進行，先是我和載熙一起站在經理的身後向杏桃樹行禮，接著我們便空出空間、跪坐在角落裡。一會兒後，禹爺爺開始敲起鼓，而經理便拿著扇子跳起了舞。見他那優美的舞姿，我不禁瞠目結舌地感嘆，且從客人們的表情來判斷，大家似乎都跟我抱持同樣的享受。

是我個人心情所致嗎？每當經理舉扇起舞時，杏桃樹周圍的照明彷彿會跟著閃爍，分明外頭沒有颳風，卻感覺樹枝正在晃動、樹上的白色花瓣也在微微顫抖。

此時，阿爾梅蒂亞踏著樹枝跳上了杏桃樹，然後伸爪折斷了某段樹枝，上頭還依附著一朵白色的花朵，牠把那段樹枝咬在嘴裡，再輕巧地跳回地面。客人們無一不用驚嘆的表情注目著那個場景。

「謝謝祢幫助我在這間飯店找到工作！」

清風徐徐吹來，好似在回應著我的問候。

§

感恩祭結束後，我們將剩餘的糕點作為禮物分送給房客。麻糬用竹葉包裹、外頭還附了一張寫著吉字的宣紙，收到那麻糬的房客們紛紛露出幸福洋溢的表情、各自回到了客房。

一旁，經理正抱著阿爾梅蒂亞，邊哼著歌邊移動。

「滿郁經理，請稍等一下！」

我快步湊過去時，經理以「發生什麼事了嗎？」的表情回頭看向我。

「怎麼了嗎？」

「你打算用那段花枝做什麼呢？」

我指著他手裡的花枝，那是稍早感恩祭時，阿爾梅蒂亞跳到樹上折斷的細枝。

「天機不可洩漏。當知道花枝的魔法功效，那個人便會在一個小時後死亡。」

「真的嗎？那你別告訴我！」

「我開玩笑的啦。」

「……」

好好的臉蛋長在這個人身上真的是浪費。

「這段花枝被稱為『生命之枝』，每隔九十年，飯店的杏桃樹便會長出一段『生命之枝』，而且只有阿爾梅蒂亞能辨識得出來。我們飯店有一個代代流傳的傳言，傳說中，將枝上的白色花瓣磨碎後泡出熱茶，再將那杯祈願花茶飲下後，就可以使人的願望成真呢。除此之外還有一個流言，舉行感恩祭時偶爾有機會看到杏樹結出珍稀的紫色果實。因為它極為罕見，所以到目前為止都還沒有人親眼見過。不過可以肯定的是，吞下那顆果實，它就會產生巨大的魔力。」

飯店裡關於「生命之枝」的傳說和珍貴的紫色果實……經理口中所說的話意外地有點難以立刻消化。

「那經理您見過紫色果實嗎？」

「現在，該去迎接客人了吧？」

他直接轉移話題。雖不知他是裝作沒聽見我的提問，還是神經過於大條，但我總不好強迫他回答，只能目送經理走回飯店內。接著腦中忽然浮現了一個畫面。我這才想起，經理平時穿的燕尾服，左胸口袋總是別著一段結著紫色果實的花枝。

第八章

祈願花茶

以冷水洗完臉後，我照了照鏡子。由於已連續好幾天沒睡好，鏡子裡的我眼瞼下垂、頭髮蓬亂。我撕下一張衛生紙擤了擤鼻涕，並將用過的衛生紙丟進垃圾桶。離開了洗手間後，我開門走進病房裡，荷蓁依舊在畫畫。

「媽媽，妳是不是又偷偷哭了！」看著我的荷蓁用責備的語氣說道，拿著畫筆的手亦停下了動作。

「哎呦，媽媽真是愛哭鬼！」

「沒有啦。是因為我剛剛擤鼻涕了。」

我望向病房的鏡子，鼻子的紅腫清晰可見。雖然對女兒嘴上否認，但實際上我從剛剛就一直在流眼淚，即使我有心想停下來，淚腺仍像個故障的水龍頭一樣不受控制。

「媽媽，妳要So Cool一點呀！怎麼能比我哭得還多呢？」

荷蓁最近迷上了這個感嘆詞，自從她的偶像在某個綜藝節目中說了「So Cool!」後，她也跟著愛用這個詞彙。

「好的好的。媽媽會變得更So Cool、更瀟灑的。」

我最喜歡女兒調侃我的這些瞬間。因為這是健康的信號，表示她還有力氣可以開我玩笑。

荷蓁患有心臟病，且是每千人才有八個人罹患的罕見疾病。

荷蓁是我跟丈夫歷經兩次流產後，好不容易才得來的女兒。這孩子的誕生就像是個奇蹟。剛出生時體重三．二公斤的荷蓁，外觀跟同齡嬰兒無太大差異，不過相對於其他孩子，她的進食量與排尿量明顯偏少、看起來呼吸也不太順暢。

而當從醫生的口中聽到荷蓁患有先天性心臟病的消息時，我們夫婦倆不由得感到萬分內疚，開始質疑自己是不是哪裡犯了錯才導致女兒生病，是我懷孕的時候，吃了什麼不該吃的食物嗎？還是做了什麼不正確的行為嗎？思緒萬千，連覺都睡不好。

「心臟病是找不到原因的疾病。孩子的爸爸媽媽請不要感到內疚。」

但不知為什麼，醫生的話語全然不構成安慰，或許因為我想聽到的是「荷蓁有機會能痊癒」、「她可以像其他孩子一樣，炎炎夏日待在泳池裡游泳、能在遊樂場玩耍」、「她就算和同齡朋友們一起跑步嬉戲，也不會氣喘昏倒」這類充滿希望的話。

在一個月前，荷蓁動了一個大手術。前陣子，她開始頻繁暈倒，受到法洛四聯症的影響，荷蓁的心室到肺部的肺動脈有過於狹窄的問題，也就是肺動脈瓣狹窄（Pulmonary Artery Stenosis）的現象，而當肺部不能供應充足氧氣時，就會時常呼吸急促、接著發生昏倒意外。每遇到這種情況，我總是擔心她會因頭部墜地而受傷，為此我總是感到焦慮不安。但也不可能叫小孩整天戴著頭盔，只能靠我全天候注意，沒有什麼更好的方法了。

醫生宣告荷蓁需要動手術，當前情況已經惡化到難以單靠藥物控制，我必須做好心理準備。當聽到醫生說，根據荷蓁的身體狀況，手術時有可能需要鋸開胸骨時，我覺得眼前的未來黯淡無光。荷蓁現在也才不過七歲而已。所有檢查結束的幾天後，醫生判斷荷蓁需要接受開胸手術，我哭了整夜。醫生說手術時將會注射藥物讓心臟停止跳動，這手術對一個七歲孩子所造成的負擔太大了。我於是追問醫生，若是孩子就這麼走了怎麼辦？

然而，終究到了必須做出決定的時刻。為了救活女兒，我不得不作出抉擇。

最後我簽了手術同意書。去年，我失去了丈夫，此後我必須獨自承擔所有的事情。當時是凌晨，丈夫在睡夢中因心臟麻痺離世，我實在過於震驚，當下一滴眼淚也流不出來。從那天開始，我便決心要擔起生命的責任跟重量——這一切都是為了我的女兒荷蓁，要是連我都放棄荷蓁，無依無靠的她可就活不了命了。

「妳在畫什麼？」

我看著荷蓁手裡的素描本問道。圖中站著一對大頭的男女和一個皮膚呈青紫色的孩子，三人手牽著手。

「這是爸爸、媽媽和荷蓁嗎？」

「嗯。」

「荷蓁的身體為什麼是藍色的呢？」

「因為實際上就是這個顏色。」

荷蓁的病況較為特殊，她屬於發紺性先天性心臟病，病童的嘴唇和四肢常呈現青紫色或紫黑色。平時雖然手腳只會透出淡淡的青色，但如果孩子放聲大哭，則皮膚透出的青色會變得更加鮮明。聽到荷蓁也把自己的症狀放在心上時，我又忍不住想哭了。

「別哭～不可以哭！」

雖然對一個已經三十五歲的成年人用這種形容有點不搭，但生了比我勇敢的女兒，我像是天底下數一數二的幸運兒。

「因為荷蓁是奇蹟的孩子啊。」

說出這句話後，她又繼續專心地畫畫。

「那當然囉！我們荷蓁是奇蹟的孩子。」

若丈夫還在世的話，這種時候他一定會一舉抱起荷蓁，並讓她坐在自己的肩上，在家四處遊戲奔跑。

他曾是那麼慈祥溫暖的父親，如今荷蓁再也不可能坐在爸爸的肩上玩耍了。

丈夫大我十歲，以前是郵局的公務員。他光是在郵局工作的年資就將近二十五年，接著在兩年前辭職。雖然金額不算多，但那筆退休金也夠我們開闢新的人生道路，於是我們就用丈夫的退休金、再加上從銀行貸款來的資金一億韓元，加盟了一家連鎖咖啡廳。到去年為止，我們都必須按時償還貸款，加上遇到新冠疫情，會到咖啡廳消費的消費者明顯減少許多，手中幾乎存不了錢。不過比較幸運的是，荷蓁的兒童保險有給付「兒童開胸心臟手術」及「兒童心臟手術」兩項，我們才得以不必承擔鉅額的手術費用。

去年丈夫的憾事發生後，我收掉了咖啡店，帳戶裡只剩下四千萬韓元。即使短期內還不必操煩生活費和房租，但那筆錢撐不了幾年、總會有用完的一天，雖然還能再加上丈夫的身故保險金，但那筆錢應該也是不到三年就會耗盡。本來，我還將希望寄託在新冠疫情期間政府給付業者的紓困補助，不過我們因為未達給付標準而沒能領到補助金。我因此感到委屈又憤慨，然而，也沒有可以訴苦的地方。

我們暫且只能用戶頭的餘款四千萬韓元、以及父母給的零用金勉強度日。我清楚自己無論如何都不能完全不賺錢，所以心中正在考慮便利商店的兼職。然而，想到要將荷蓁獨自留在家，我又覺得放心不下。公婆平時經營麵食店，從凌晨就得開始工作，所以也沒有餘力可以照顧孫女，左右為難的我非常煩惱。

§

儘管現在也才下午兩點鐘，但我已經昏昏欲睡了。每到規定的時間，我都要準備好藥給荷蓁吃，所以我一刻也不得放鬆。我癱坐在沙發上，打開了外送平臺的頁面。從今天一早，荷蓁就一直說著想吃馬卡龍。因為外送費是不小的負擔，所以我通常盡量不叫外送，然而考量到這附近沒有馬卡龍店，我不得不打開外送平臺的軟體。

我點了幾個馬卡龍、咖啡、以及荷蓁要喝的冰茶，接著我決定躺在客廳的沙發上闔眼稍作休息。在等外送期間，手機「叮鈴——」響起，我收到了一則簡訊。難道外送這麼快就到了嗎？我以為自己只是小睡一下，看來睡得挺沉的？

我一邊揉著睡眼，一邊打開了手機。

誠摯邀請敬愛的貴賓。

因生活而身心俱疲的您，

需要的是香甜的可麗露、一杯咖啡，

還有鬆軟的床被。

收到本函的貴賓不僅可以留宿兩天一夜，

我們還將免費提供四十八小時不打烊的溫泉、甜點、咖啡跟自助吧。

誠心祝福諸位，能心無旁騖地在此歇息。

—達爾葳妮大飯店經理金滿郁敬上—

達爾葳妮大飯店？

光看名字是一間聞所未聞的飯店。還是我以前曾經住過嗎？可能因為最近生活過於忙碌，所以關於過去的記憶變得模糊了吧。我決定先把它當作垃圾信息刪除了，我想如果真的是重要的簡訊，它總會再寄一次吧？

此時，簡訊的通知聲又響了。手機螢幕的畫面顯示「餐點已送達」。我把外送員搭乘社區電梯的時間也考慮在內，於是又多稍坐了一會兒，才走去玄關開門。大約在離家門一公尺遠的地方，有裝著咖啡和茶點的塑膠袋傾斜地被擺在地上，看到外送員只是應付了事的態度，我不禁為之嘆息。我心想，再怎麼心急也不能這樣吧，而且把食物放在走廊正中央，任誰看都分不清那是我們家點的食物、還是鄰居家叫的外送了。雖然我無意懷疑鄰居，但也是幸好剛好隔壁沒人出來，才沒釀成尷尬的局面。

「怎麼又這樣亂來啊……」

當我提起塑膠袋時，我又比剛剛嘆了更長的一口氣。咖啡灑出來了。為什麼就不能更小心仔細一點呢？叫外送時，有服務周到、滿意到讓人想多聊幾句的外送員，然而，偶爾也會遇到這種令人不悅的外送員。對於我這種不能留荷蓁一個人在家、自己外出覓食的人而言，外送平臺真的是一個實用又便利的手機軟體，但這樣也太誇張了吧，繼續這樣下去，大概只是花錢把自己氣飽而已。

塑膠袋上有幾滴水珠，看來外面正在下雨。我叫外送的時候，天空分明還豔陽高照。想到外送員來的途中天雨路滑，我便稍微對外送員心生歉意。這時，電話響了。

「喂您好，我是剛剛的外送員……」

聲音聽起來是一個年紀不大的男性，男子介紹自己是剛剛送咖啡上樓的外送員本人。

「請問您手上的咖啡有灑出來很多嗎？剛剛下雨天，我騎著機車滑倒了……我不是故意要打翻的……如果狀況很嚴重的話，我可以退費賠償的，請告訴我您的銀行帳號，我再匯款給您……」

「沒事的，您也不是故意要打翻的嘛。我就照喝吧。」

「好的，您都這麼說了……非常謝謝……祝您度過美好的一天呦。」

這年輕人挺有禮貌的。畢竟親自撥電話給顧客道歉，絕不是個容易的決定。謝謝那位青年鼓起勇氣，我原本不舒服的感受也緩和了許多。除此之外，最重要的是，我從那位青年聯想起了丈夫。我們家老公也總是以親切的態度對待所有的客人。當遇到民眾的物品遺失或有包裹寄錯地方的情況發生時，即使那不是他本人的錯，他也總會鄭重地向顧客道歉、並出私款賠償給顧客——如此待人有禮的人，卻因為心臟麻痺而這麼突然地離世了。

儘管如此，我的想法並沒有改變——我們做人還是要堅守最基本的禮儀。我心裡想著，該在咖啡涼掉以前盡早回去屋內，而拿起了飲料跟食物後轉過身。剛才因為忙著跟外送員通話而沒有特別注意到，不過現在門的旁邊又多了一封信，可能是它本來夾在門縫上，在我打開門的瞬間掉到地上的吧。我撿起了信封、再仔細地查看了上面的內容。收件人的欄位準確地寫著我們家的地址、以及我們的名字——「允熙&荷蓁　鈞啟」，寄件人則寫著「達爾葳妮大飯店經理　金滿郁」。

我用手稍微摸了一下，信封裡似乎還有一張扁扁的紙，看起來並不太像危險的物品。一張紙而已，有什麼好危險的？雖然有點搞不清楚狀況，但我還是決定拆開信封、確認一下裡頭的內容。

誠摯邀請敬愛的貴賓。

厭倦日常生活的您，

需要的是香甜的可麗露、一杯咖啡，
還有鬆軟的床被。
收到本函的貴賓不僅可以留宿兩天一夜，
我們還將免費提供四十八小時不打烊的溫泉、甜點、咖啡跟自助吧。
誠心祝福諸位，能心無旁騖地在此歇息。
—達爾葳妮大飯店經理金滿郁敬上—

除了邀請卡之外，裡面還附了兩張邀請函。
「媽媽，妳怎麼還不進門？那是馬卡龍嗎？妳有點草莓口味的嗎？」
荷蓁正要去洗手間，途中停下腳步，從玄關望向門口。當注意到我手上有邀請函的時候，荷蓁即刻以天真爛漫的表情問道：「那是遊樂園的門票嗎？」
「這不是遊樂園的門票，不過它是飯店的住宿邀請函。」
「哇！So Cool!我們要去吧？拜託帶我去～」
「那麼，我先打電話給醫生，問妳能不能出門過夜，獲准才決定去不去喔。」

「沒問題！先問完，再去！」

女兒似乎完全不在乎醫生答不答應，她看起來出門的意志已經熊熊燃燒，哪怕自己爬著出門也要去。親愛的女兒呀，這可不是這麼好解決的問題呀。

我撥電話給院方，說明了現在的情況。醫院回應說，荷蓁可以暫時外出沒關係，且離開家裡、到其他環境養身子，反而對荷蓁更有幫助。

§

達爾葳妮大飯店的地址位於「首爾特別市中區素月路三〇．五號」，但從網路上搜尋實在是找不到這個地點，於是我決定先前往附近的三〇號。荷蓁按捺不住心中的期待跟興奮，在搭車途中已經高興地哼起歌來了。看女兒這麼快樂的樣子，我便覺得出門是個正確的選擇。

是呀，偶爾轉換一下氣氛也是不錯嘛。

抵達同一條路的三十號時，我只看見一所廢棄的學校，而不見任何像飯店的建物。我心想——「既然都寫三〇『・五』號了，不如就再往裡面一探究竟吧。」然而，廢棄的學校周圍所有的路都被堵住，看起來是無法再以車代步了，只剩後頭一條狹窄的石階依著山坡而建，似乎得爬到最上面才行了。

「荷蓁呀，從這裡開始好像要徒步走上去了。」

荷蓁往下確認自己是否有穿好運動鞋，並且再次繫緊了鞋帶，接著緩緩地下了車。我先吩咐荷蓁，如果走累了一定要告訴我，然後我一隻手提著一大包行李、另一隻手牽著荷蓁的手，我倆一起一步步上臺階。

然而，果不其然，約莫走了十階後，荷蓁的呼吸越來越急促。儘管石階的坡度有點陡，不過我還算是撐得下去。於是我將喘不過氣的荷蓁揹了起來，再繼續踩著石階一步一步往上走。而大約走到山坡的中間段時，遠方的一片漆黑中逐漸可見閃爍的燈光亮起。再稍微往上走一點後，便是一間看起來相當神秘的七層樓飯店映入眼簾。即使是親眼目睹，我依舊難以相信在這樣的地方竟然開了一間飯店。

「那間就是飯店吧媽媽！」

「嗯呀嗯呀，沒錯呦。」

荷蓁從我背上下來、自己站回地面後，我緊緊牽著她的手走進了飯店。大廳裡有房客們來回奔走，每個人的表情都很愉悅，且手裡都各自拿著麻糬。氣氛如此熱鬧，可以推測這邊似乎正在舉行著什麼慶典。

飯店的櫃檯前放了一個服務鈴，看起來是用來呼叫服務人員的。不過，正當我要敲響那只鈴的時候，我注意到一旁還貼了一張紙，紙上寫著大大的一行字：

「不好意思，親愛的貴賓，這只鈴是我呼叫員工時所使用的鈴。」

好險我有先讀了那行字，呼。才一到飯店就差點要闖禍了呢。

看來我們似乎得在大廳多等一會兒。我正想對荷蓁說明這消息，本該站在我身旁的女兒卻不見了。

「荷蓁！人呢！」我嘴裡呼喊著女兒的名字，一邊在大廳裡四處行走尋覓，然而，女兒卻徹底不見蹤影。荷蓁跑去哪裡了呢？她應該走不了太遠才對。

就在這時，耳邊傳來了荷蓁的聲音——我們家女兒正在跟咖啡廳裡的女店員對話。

「謝謝您！」

「小意思而已，因為妳是我們飯店的客人呀～好好享用吧。」

「荷蓁～」

她心頭一震，似乎是見我跑過去才想起了我，她接著大喊：「媽媽，我在這邊！」一邊展示著手裡的麻糬，一邊對我露出燦爛的笑容。

「是這個漂亮姐姐送我的禮物！」

「是這樣呀～妳有跟人家說謝謝嗎？」我向那位女店員鞠躬致了謝。

見我鞠躬後，那位女店員似乎是有些驚慌失措，於是她也對我鞠了躬、且身子彎得比我更低了。

她的名牌上寫著「車由美」三個字。

「今天是我們飯店舉行感恩祭的日子，稍後晚上八點後儀式會正式開始，兩位若是時間上允許的話，歡迎妳們來觀禮，想必會成為美好的回憶的！」

「沒問題的。謝謝妳告知我們。」

我在心裡暗自猶豫：「該問這位店員怎麼辦理入住手續嗎？」

而就在這時，一名身穿著傳統服飾的男子把她叫了過去。那位女店員便對我們示意「恕我失陪一下」，接著急忙地跑了過去。那位男子似乎跟她交代了一些任務，然後他開始大步朝我們的方向走來。他散發出來的氛圍頗為不尋常，我警戒地緊緊握住荷蓁的手。

「您好，歡迎光臨達爾葳妮大飯店！」他露出了假假的微笑向我們問好。

「請問貴賓是第一次來訪我們飯店嗎？」

「啊……請問您是……？」

聽我這麼一問，男子瞪大了雙眼，像是頭一次遇到人問他這種問題。

「我是本飯店的經理金滿郁。」

「啊，抱歉失禮了，原來是我沒認出您來呀。」

「沒關係的。見到初次見面的人，詢問對方的名諱並無不當嘛。」

雖然嘴上這麼說，但這位經理的表情看起來有點生氣。接著他向我們招手示意，帶我們走回了服務臺。

荷蓁興奮地喊「哇是喵喵耶！」我接著望向她視線所在的方向，還真的有一隻貓咪在睡覺，剛剛我都沒注意到。且在貓咪坐臥的軟墊上張貼著一張紙條——

「我沒有懷孕，這是肥肉。」

還來不及等我攔住荷蓁，她已經將手伸向貓咪，摸了摸貓咪胖嘟嘟的屁股。貓咪似乎連眼睛都懶得睜開，而只是抖動了鬍鬚、並用後腿微微踢了幾下。哎呀，要是我們家女兒也能睡得這麼香甜該有多好啊。

「妳沒有經過主人的同意，不可以隨便摸貓咪喔！」我尖銳地說道。而荷蓁似乎也意識到自己犯了錯，於是露出了洩氣的表情點點頭。

「沒事的。阿爾梅蒂亞是一隻沒有主人的貓。不過直接摸屁股還是不太好就是了。您可以先這麼問候牠：『親愛的貓咪大人，不好意思打擾，請問我可以摸你的屁股嗎～？』」經理一邊打開筆記型電腦一邊這麼說道。

我心想，他還真是個特別的人，一旁的荷蓁似乎覺得男子講話風趣，而噗哧地笑出聲。

「您不是貓咪的主人嗎？」

「我嗎？我不是主人，因為我對貓毛過敏。」

「啊，您的意思是這隻貓是流浪貓，然後牠只是在這裡借宿一晚就走嗎？」

「不不，倒也不是。牠不是借宿，而是成天都在飯店裡睡覺。而且阿爾梅蒂亞有超能力，牠在睡夢中也能監視督導整間飯店喔。」

「？」

他的話完全讓人不知所云。不過荷蓁感覺是全然聽信了他所說的話，而不禁感嘆道：「哇唔，So Cool!」

「呼~現在終於能打開了。跟您確認以下幾個資訊呦。煩請告訴我您的年齡與姓名。」

「三十五歲，吳允熙。女兒今年七歲，名叫朴荷蓁。」

「好的，剛剛幫貴賓辦理完入住手續了。兩位的房間是七〇一號房。看您一臉憂心忡忡，為了讓您療癒心靈，我們幫您將房間安排在景色最優美的七樓。如同信件所寫道，溫泉、甜點、咖啡跟自助吧都是四十八小時無限制使用。其中溫泉的男湯在二樓、女湯在三樓，故男性貴賓的更衣室在二樓、女性貴賓的更衣室在三樓。若要去後院，請利用一樓的後門，謝謝。後院裡有一株三百六十五天全年都花朵盛開的杏樹，它僅生長於我們飯店，把握機會去那邊欣賞它，亦有助於轉換心情。我們飯店還會利用它在夏天結的果實製作杏桃果醬，如果兩位感興趣，也歡迎隨時告訴我。此外，請注意後院在午夜十二點後是禁止人員出入的。電梯及客房的鑰匙交給兩位，那麼，祝兩位有個美好的夜晚。」

經理打開了木質的櫃子、裡頭插著掛了鑰匙的木樁，他拿出了數字701下方的鑰匙、再遞向我們。那青銅材質的鑰匙相當厚重，有如在古董店會看到的古物。

接著經理用手掌按壓了三次鈴。此後，一名不知從何處而來的老爺爺，頭戴著門僮帽、手裡推著推車登場。

「讓Mister WOO～幫您搬運行李吧。」

在經理的指令下，那位門僮老爺爺試圖要從我手中拿走行李。

見我緊緊抓著斜背包不放，經理開口說道：「貴賓，您應該將行李託給Mr. WOO。」

「這個包包我一定要隨身帶著……因為裡面有我女兒要服用的藥品。」

「Mr. WOO對您的藥物不感興趣的，您就放心交給我吧。」

「這些不是一般的常備藥，而是攸關到我女兒生命的藥物，強心劑、利尿劑、血管擴張劑、抗凝血劑……等等的都在裡面。我心領你們的好意，但這個包包還是我親自拿上去吧。」

「我瞭解您的需求了。Mr. WOO～麻煩帶貴賓到七樓。」門僮老爺爺一邊走向電梯，一邊向我們招手示意、要我們跟著他走，於是我便牽著荷蓁的手跟在他的後方。而在電梯門開啟的瞬間，老爺鐘發出了聲響。

「感恩祭即將開始！」

剛才還穿著飯店制服的女店員，轉眼間已經換上傳統服飾，並高聲宣布感恩祭活動將要開始，而其他房客們也紛紛開始快步走向後院。

「我們要去看看嗎？」

「呃嗯……」荷蓁忽然雙腿癱軟，擔心女兒受傷的我，則迅速跪下雙膝、以撐住她的腰。也多虧門僮老爺爺徒手抓住了電梯門，荷蓁才不至於因此受傷，若沒有他在場，荷蓁大概就會被電梯給夾住了。

「謝謝……真的非常感謝您。」

他搖了搖頭，似是想表明自己只是做了應該做的事，接著，他把荷蓁舉了起來，並甩頭示意我趕緊進電梯。我踏進電梯後，門又立刻關上了，電梯開始向上。儘管抵達了七〇一號房的門口，心有餘悸的我依舊有些失神。荷蓁會沒事的吧？是不是身體還沒恢復呢？當初是不是不該離開醫院的呢？我好害怕會失去荷蓁，心中的焦急全反映在加速的心跳上。見我一臉恍惚地呆站在原地，門僮老爺爺從我手中拿走了鑰匙，並打開了房門。

「孩子的媽媽，趕緊讓孩子躺到床上吧。」

門僮老爺爺第一次開口說了話，我也因此稍微振作了一點。他匆匆忙忙地跑進房內，並迅速地整理好棉被，以便讓荷蓁躺平。針對他的所作所為，我再次向他表明了我的謝意，而他卻對我搖了搖頭。

「令嬡讓我想起自己的孫子了，我孫子小時侯也經常摔倒……以前呀，我叫聲『我們家小寶貝』，他便知道我在叫他，然後笑嘻嘻地看著我。那傢伙那時候真的很可愛……雖然我已經不知多久聯絡不上他了。人生好空虛呀。我都活到七十一歲了，有時候還是不懂人生呢。」

「原來您也會這麼覺得呀……一起加油吧……」

「現在啊，我只希望他還活著，這樣就夠了。」

他的語句越來越含糊，眼眶也逐漸泛紅。

「幸好您帶著孩子來到飯店了。相信這次旅程能夠改變您們母女的人生，我也祝福您的孩子能盡早恢復健康。」他鞠了躬，接著從房間離開。在他離開以後，我的心臟依舊快速地跳動著。我摸了摸女兒的額頭，發現她像個火球一樣滾燙，我立刻從包包裡拿出退燒藥，由於這種藥即使不喝水吞嚥，亦能透過唾液分解，於是我直接將藥丸放進她的嘴裡服用。

閉著眼睛的荷蓁正急促地呼吸，而我則在一旁緊緊抓住了她的小手，同時在心中默默祈禱。我能做的，也就只有為她祈禱了。我感到萬分抱歉，因為我沒辦法替女兒受苦受難……

過了二十分鐘左右，荷蓁的呼吸才稍微穩定下來，這也表示，我大概就此哭了二十分鐘。

「媽媽，妳是不是又哭了？」荷蓁的眼睛微張，看著我噗哧一笑。

「妳現在還好嗎？要不要喝點水？」

「我想喝果汁。」

「妳等一下，我找找看冰箱裡有沒有飲料。」

所幸冰箱裡有蘋果汁，加上還有巧克力棒和軟糖等等其他的食物，我於是問女兒有沒有需要別的，她則回我說自己只要喝果汁就好。我用開瓶器撬開瓶蓋時，聞到了一股奇怪的味道，不過我當下不以為意，而直接將蘋果汁遞給了女兒。

「媽媽……這飲料的酒精度數是七％耶。」

「七％喝起來根本就是一般果汁嘛……等等，妳說酒精？」

荷蓁把飲料遞回來給我，我接著詳閱了貼在果汁瓶身的產品說明——貼紙上以清晰的字體寫著「蘋果風味雞尾酒」。

「妳可以等媽媽一下嗎？我用飯店的內部電話問一下櫃檯好了。」

我猛然起身試圖撥通電話，但另一頭一直無人接聽。這麼一說，應該是因為剛剛所說的感恩祭活動，所以服務人員們都很忙碌吧。

「抱歉了女兒，媽媽幫妳去一樓問問看有沒有賣果汁。」

「那我也要一起去！我想看那個漂亮姐姐說的慶典。」

畢竟感恩祭也才開始不到三十分鐘而已，現在下樓或許還有機會看到儀式的後半部。於是我幫荷蓁套上了外套，我們再離開房間、走到大廳。

果不其然，前檯沒有任何人。我還是第一次看到有飯店的服務臺空無一人。雖然這邊的房客不多，似乎是不會構成太大的麻煩，但我怎麼想都覺得應該至少要有一個人顧櫃檯才對……他們都不用做生意嗎？這飯店還真是稀奇。

後院那邊尚在如火如荼地進行感恩祭活動。鼓聲響起時，那位飯店經理便跟著節拍跳著扇子舞。一位名叫「載熙」的服務人員注意到我們後，便搬了椅子給我們，好讓我們更輕鬆舒適地觀禮。這年輕人真親切呀。正當我欣慰地觀察著他的舉止時，荷蓁拉了拉我的袖子，並且瞇著眼睛朝我瞪了一眼。儘管我想強調我不是對人家有非分之想，我又怕聽起來太像狡辯，所以沒有再說話或有任何動作。

感恩祭結束後，荷蓁又拿到了服務人員們分送的麻糬，她再次興奮地哼起了歌。這孩子保有天真無邪，還能因小小一塊麻糬而感受到幸福——這種時候真是看不出來荷蓁跟同齡孩童有何差別。然而，荷蓁的心臟沒辦法像健康的孩子一樣跳動那麼久。羅患法洛四聯症的兒童又比一般小兒心臟病的病童還要虛弱，即使現在的醫療技術這麼發達，還是無法將具有缺陷的心臟重新打造成健康的心臟。

如果杏樹神能救救我們荷蓁該有多好呀。

荷蓁正在努力剝開麻糬外頭的竹葉，此時，不知何時已經湊到我們身旁的經理開口問道：「需要我幫忙嗎？」他接過荷蓁的麻糬，沉著謹慎地剝開竹葉、且讓麻糬維持完好無缺。看來是他手指細長，所以天生就有這好手藝。比較令我意外的是他的態度，經理對待孩子的那份慈愛讓我深受感動。不過話說回來，經理從剛剛走過來時，手裡就一直握著一段花枝，激發了我的好奇心。

「折下那段樹枝後，可以拿它來做什麼呢？」

「您說的是這個嗎？它可以拿來做好事呢。這是阿爾梅蒂亞……也就是那隻屁股美男貓審慎挑選的樹枝，這東西非常珍貴、而且花錢也買不到。」

一隻貓咪選的樹枝很珍貴？我實在摸不透他在說什麼。是我的理解能力太差嗎？雖然我其實也沒有想深入瞭解。

「剛剛感恩祭很精彩，您的舞姿也很動人。」

「這都天生的。」他大言不慚地說道。

看來這男人不懂謙虛的美德啊。當然，也不得不承認他外貌出眾，所以確實有本錢誇耀自己吧。

「智商、外貌、健康……一切條件不都是與生俱來的嗎？『先天』本身就是一個人類無法觸及、掌控的未知領域……」

「是呀……人的身體條件都是先天決定的……」

「但果真如此嗎？難道真的完全沒辦法改變一個人的命運嗎？」

「不好意思，我的理解能力不太好。我不懂您現在這席話想表達什麼。」

接著經理的眼神一八〇度大轉變，被他銳利又真摯的目光所震懾的我嚥了下口水。

§

「媽媽，方便邊喝咖啡邊聊聊嗎？」

我們走進了飯店附設的咖啡廳，名字叫做「Secret」，只提供可麗露和咖啡兩種餐飲。

「您要喝什麼呢？」經理問道，我於是點了一杯熱美式。我接著問有沒有小孩子也可以喝的飲料，男店員載熙則親切地表示自己能準備熱可可。至於經理，他點了冰的香草拿鐵，裡頭加了滿滿的香草風味糖漿、上頭又鋪滿椪糖碎粒。

「這是我最喜歡的咖啡。」

經理向載熙拜託了一件事，也就是暫時將荷蓁託給他照顧。載熙露出了他特有的可愛微笑，並且爽快地答應了經理的請求。看來，這似乎是大人間的單獨對話。

然而此時，飯店服務臺那邊相當「熱鬧」。一位約莫五十多歲的男子，身材像摔角選手一樣壯碩，貌似極為憤怒，正用拳頭砰砰拍著桌面、並朝著服務人員大吼大叫。名字是叫……車由美嗎？那位女員工滿臉通紅，但她的氣勢完全不輸他。

「為什麼泡湯的淋浴區裡連罐洗髮精都沒有？怎麼會有這種飯店？」

「親愛的貴賓，我們飯店並不是您家裡附近的澡堂。我也已經跟您解釋了，您的客房內備有盥洗用品，所以您可以從自己的房間帶去。」

「妳現在是看不起澡堂嗎！我就是澡堂的老闆啦！」

「我並沒有那個意思……是貴賓您一直不講理……」

「什麼？我不講理？你們飯店的負責人在哪裡！小姐，叫你們的負責人出來講！」

「貴賓您好，我是這家飯店的經理。請問您有什麼需求？」本來坐在我對面的經理，轉眼間已經站到女員工身旁，試圖讓客人冷靜下來。他又不是什麼奇異博士，究竟是何方神聖？活到現在，我還是頭一次看到有人手腳這麼快。

「靠腰咧，你是這裡的負責人嗎？」年約五十多歲的那位男子氣得臉紅脖子粗，直指著經理的鼻子破口大罵。儘管如此，經理的態度仍舊沉著冷靜，他只是舉起了手、將客人像香腸一樣肥肥短短的手指輕輕地推到旁邊——猶如香港電影中劉德華的武打畫面生動地呈現在我眼前。他意想不到的舉動也使客人顯得有些驚慌失措，彷彿他是第一次遇到有人反用力量壓制自己。

「我問……你……你是不是負責人啦……」

「我是管理飯店的經理。我們飯店的負責人則另有其人，就是那隻貓。」

經理的一句話讓在場所有人視線都往貓咪集中，一齊看向正在櫃檯酣睡打鼾的貓咪。即使每個人臉上的表情似乎都在疑惑「這人有毛病嗎？」但沒有人敢單刀直入地發言，也可以說，這證明了經理強大的氣勢足以碾壓眾人。

「貓咪阿爾梅蒂亞是敝飯店的負責人。如有任何服務不周，歡迎隨時跟那隻貓咪反映。」見經理一邊點頭致意，客人於是意識到，這時繼續發火只會顯得自己更奇怪。

「哼，看在你們都免費的分上，我就先嚥下這口氣吧。」

「感謝您能理解敝飯店的營運方針。不過，敝飯店不允許任何形式的惡言與暴力，若再發生類似情節，屆時我們將採取強制退房措施。那麼，最後祝福您能好好享受剩餘的時光。」

經理再次鞠躬致意，接著摸了摸員工由美小姐的頭、像是稍微給她一些安慰，再走回咖啡廳。

同時，員工載熙端來咖啡、並將其置於桌上，說著「請慢用」後又離開。

「那個人真的是奧客耶。每遇到這樣的客人，您們應該也很辛苦吧。」

「走到哪裡，總會遇到客人不滿意服務，畢竟世間事不可能讓每個人都滿意嘛。不過話說回來，今天的香草拿鐵怎麼感覺特別淡呢？」似乎是不滿意載熙製作的咖啡，經理嘟著嘴碎唸道。

眼前這個男士，分明到剛剛為止都還是充滿架勢、能處變不驚的小劉德華，這樣的反差實在令人疑惑。經理喃喃自語地說：「但丟掉又太浪費，只能喝了唄」，於是用吸管吸了一口咖啡，不過又立刻說著「哎，這真的不行耶」，一邊又嘆了口氣。

「從現在開始，請注意聽我所說的話，我們今天的相遇，可能會徹底改變您與女兒的人生。」

沒喝幾口咖啡後，經理便開始進入正題。

他從衣服側邊的內袋掏出稍早提過的那段樹枝，將其小心翼翼地放在桌上後，再開始進行更詳盡的說明。據他所言，折下每隔九十年才會生長一次的「生命之枝」，接著將枝上的花瓣摘下、再泡成祈願花茶飲下，那杯茶便能為人實現任何的願望。

「您說，只要喝下祈願花茶，人的願望就會成真嗎？」

他游刃有餘地帶著微笑點了點頭。

「很奇妙吧？」

「任何願望都可以嗎？」

「是的，只要不是讓屍體起死回生都可以。而且，共同飲茶祈願的人數越多，效力也會越強大，所以我建議越多人喝越好。」

然後他豎起了食指。

「但許願也是要付出代價的。俗話說，有捨才有得，人們為了得到珍貴的東西，勢必要做出一些犧牲，相信您活到現在也有所體會。祈願花茶的代價非常慘烈，一旦心願成真，便要承擔喪失部分記憶的風險，尤其，越珍貴的回憶越可能消逝。」

「那是什麼意思？部分的記憶……會喪失？」

「我的意思是，飲下祈願茶的兩位，可能會認不出彼此。」

頓時，我的腦袋陷入一片混亂，思緒亂如糾纏的毛線球。如果經理所言不假，那麼荷蓁的病……不，即使他說的不是真的，喝茶顯然依舊值得一試。然而，若是事情出了差錯，最糟的情況是釀成我和荷蓁認不出彼此……嗯，只要能使荷蓁的心臟病不療而癒，就算她再也認不得我，我也無所謂，我反倒更不敢想像自己有一天會認不出自己的女兒。失去荷蓁……我的日子還過得下去嗎？

經理似乎看穿了我的心思，他像是一個無論如何都要出售高級進口車的經銷商，繼續凝視著我、一邊說道：「覺得猶豫是正常的。要是真的再也認不出自己的女兒，該會有多麼傷心呀。人們總是站在交叉路口，思索該做出什麼樣的決定，而且沒有人有權干涉、也沒有人幫忙分擔責任。孩子的媽媽，這件事的決定權在您，請您好好想想，作為母親，為女兒做出什麼選擇才是最好的。」

經理翹著二郎腿，慢慢飲下手裡的咖啡，似乎正在給我時間思考。「我能相信這個莫名又神秘的人嗎？」

「那麼……您為什麼要幫助我們呢？」

「我本來就有點愛多管閒事，我媽媽也時常擔心我的個性，她老對我說『你齁，這麼雞婆，是要怎麼在這個險惡的世界裡活下去』之類的，果然父母一眼就能看穿自己的孩子吧。扯遠了。老實說，我實在是沒辦法視而不見，我剛剛一眼就察覺妳們家女兒生病了，且妳也把藥品當寶貝、隨身攜帶著藥袋。從小孩的青色皮膚就可以看出來，那是典型的先天性法洛四聯症。」

「很少人能從膚色就看出來呢……您真是觀察入微。」

「這也是天賦異稟。」

他又開始趾高氣揚了。不過看起來沒有剛才那麼討人厭了。

「為了女兒的幸福，您要做出什麼選擇呢？」

現在是做出抉擇的時刻了。

我下定決心——要讓荷蓁不抱病痛、健康地生活，這是為人母親能為自己的女兒做出的最佳決定了。

「好，經理，我們嘗試看看您說的方法吧。」

§

評估之下，我認為詳情還是先對荷蓁保密比較好。若是聽到祈願茶的副作用，她肯定會倔強地拒絕配合。且以防最壞的情況發生——也就是我和荷蓁徹底忘記了彼此，我還寫了封信給公婆——

「公公、婆婆，如今，我似乎無法再單靠自己的力量扶養荷蓁了，生活費、醫藥費……我實在沒有信心承擔這些費用。媳婦無顏見兩位，只能以此信相告，我的女兒荷蓁，就拜託兩位照顧了。」

一邊提筆寫字，我的眼淚撲簌簌地滑落，甚至得數度用衛生紙擦乾信紙上的淚水。讀完這封信後，公婆大概再也不會想聯繫我了吧。他們應該會覺得我不夠格成為荷蓁的媽媽而心中大發雷霆吧，何況他們本來平時就不大喜歡我，斷絕聯繫並非毫無可能性。

經理說，為了以防萬一，自己也需要在現場，於是硬是跟著我們一起進了客房。他將托盤放到桌上，上頭擺著兩個茶杯。飲茶的順序由經理決定，由荷蓁先喝下祈願花茶、接著才換我喝。他解釋，我們難以預測花茶進入荷蓁的體內後，荷蓁的身體會有什麼反應，不過他說，那可能是一個非常艱難的過程，因為她必須與病魔抗爭。

「這是要一次喝完嗎？」荷蓁拿起茶杯，坐在床上好奇地問道。

「這藥對身體很好，所以要喝完喔。」

「好！吃藥我可是最拿手了！」

飲盡最後一滴茶水後，荷蓁立刻全身癱軟。我調整了姿勢，讓荷蓁能在床上躺好，接著靜待效力顯現。

那是我人生中最緊張的瞬間。

此時，荷蓁的身體開始用力顫抖。

「請問發生什麼事？我的孩子沒事吧？」我神色緊張地問道。

經理從我身旁經過，並冷靜地上前用額溫計測量了荷蓁的體溫——超過四〇度了。

「現在，孩子必須自己戰鬥了，她當前可能困在她自己最害怕的夢境之中。但夢境必定有一個出口，她得自己找到那個出口、然後逃離惡夢。」

我緊緊握住荷蓁的手全心為她祈禱，她的全身依舊在顫抖。

無論是過去還是此刻，我能為她做的，都只有祈禱。

「荷蓁呀……媽媽永遠愛妳。媽媽一輩子都不會忘記荷蓁的。媽媽在這裡幫妳加油，祝妳找到生命的出口。」

也許是聽見了我所說的話，荷蓁的眼皮顫動了一下，眼淚順著兩頰滑落。平時總是女兒數落我這個媽媽成天哭泣，現在她自己也哭了。

「荷蓁妹妹，妳有聽到我的聲音嗎？一切都會好起來的。」一直站在床邊靜靜看著我們的經理也伸手撫摸了荷蓁的頭。

奇蹟似的，荷蓁不再如剛才那麼緊繃，額溫也降回了正常水準。

現在，輪到我了。我接過了經理遞給我的茶杯，最後一次親吻著女兒的臉頰，接著緩緩地飲下我的那杯祈願花茶。

第九章 飯店經理滿郁

約莫三十分鐘前，經理找上了正在咖啡廳工作的我，並且囑咐我為七〇一號房的客人沖兩杯熱茶。雖然我很想追問緣由，我仍只能忍住、先開始燒熱水。而此時，經理拿出了裝有白色花瓣的茶包袋，並請我用那個茶包泡茶。

直覺告訴我，那應該是來自今天從杏樹上折下來的花枝。然而，經理接下來的舉動更令我震驚了，他從衣服側邊的內袋挖出了某樣東西，接著置於掌心、攤在我面前。

「這個也一起加進茶裡吧。」

「但是經理……這難道不是傳說中的紫色果實嗎？」

「對啊。」

「我不能理解您的行為。這果實不是得來不易嗎？因為不知道杏樹何時才會再結果？就這樣浪費掉好嗎？」

「這怎麼會是浪費呢？它會被用在有益的事情上的。」

「我不是這個意思。那不是經理您珍藏已久、要留給自己用的果實嗎？我雖然平常看起來少根筋，但不至於是個傻子，您要騙我騙到什麼時候呢？」

我其實只是先發制人，但見他答不上來，看來我說的話都屬實。於是我決定乘勝追擊地繼續追問——

「請問您留著紫色果實的背後動機，跟那張照片中的女子有關係嗎？」

「由美，這些日子裡我只想到我自己，我是一個極其自私的人。」

「這您不說我也知道。」

「妳的推測是正確的。我本來計畫要自己吞下紫色果實，所以一直把它保管在胸前的口袋裡。但仔細一想，如果那紫色果實的主人其實不是我，而是屬於別人呢？我不想以自私的心態成為奪走某人幸福的無恥之徒。」

他的聲音比任何時候都要真誠，而且那份真心如真金不怕火煉般堅定。我開始心想，經理似乎沒有外表看起來的那麼自私自利，他反而屬於截然相反的類型。

「經理您絕對不是不知廉恥的人。每當員工遭遇危難，您總會出面幫忙，而在人人酣睡的深夜，您也依舊在為客人們服務。再把自己最珍惜的東西讓給他人？您比任何人都更體貼、包容，現在社會很少有這樣的人了，畢竟大家都只忙著顧自己的飯碗呀。」

聽我一席話後，經理並沒有開口回應，大概是心中百感交集。

接著經理微笑地說道：「由美，妳真是善良。」

我能感受到，那微笑裡隱藏著被壓抑的悲傷。

「這紫色果實，請放在吳允熙貴賓跟朴荷蓁貴賓要喝的茶裡。」

「好的……我知道了。我會遵照您的指示的。」

這是我第一次覺得經理的語氣完全不是在開玩笑。我雖然心裡不滿意，但也無可奈何地接受了他的指令。

§

時間還不到上午十一點，兩位客人便收拾行李下樓了，她們是喝下了祈願花茶的一對母女，兩人緊握著對方的手、站在飯店的前檯，看起來像是世上最幸福的母女，其中女兒的氣色明顯比昨天好得多。

「請問昨夜休息得還好嗎？」

經理如此一問，吳允熙小姐的表情立刻變得更加明朗。她鞠躬表示感謝，並說道：「是的，托您的福。」一旁的女兒雖然摸不著頭緒，仍是跟著媽媽彎腰鞠了個躬。

「真是萬幸，謝謝您滿意我們飯店的服務。請問確定要退房了嗎？」

「是的，再麻煩您了。啊，還有，這是一點小心意。」

她將夾在腰際的圖畫紙抽出來，經理則一邊疑惑地歪頭，一邊接過那張紙。

「請問這是……？」

「這是荷蓁的畫，圖中的角色是飯店的服務人員們。」

「啊，原來如此！不過，我們飯店確實有貓，但沒有黃鼠狼呀……？」

「那不是黃鼠狼，而是經理您。」

「您說這……這是我嗎？喔……這幅畫非常……荷蓁原來是走超現實主義呀

……看來荷蓁將來會成為韓國的著名畫家呢。」

聽經理這麼說，荷蓁豎起了大拇指，並大喊：「叔叔，So Cool!」

看到經理滿臉通紅，一臉尷尬不知該如何回應，我忍不住噗哧地笑出聲來，想不到經理意外地很不會掩飾自己的內心，心情全寫在臉上呀。不過我相信，他其實心底非常喜歡那幅畫，因為待客人們退房後，他立刻將那幅畫貼在櫃檯的顯眼處。

§

不知不覺又過了一週，飯店依舊正常地運作著。雖然我沒有子女需要操煩，但我的心仍老是掛念著經理，且我也不知道我何必為他如此勞心。不過可以確定的是，自從那對母女離開後，經理的狀態出現了鉅變。而載熙似乎也有類似的感受，於是今早一打卡上班，載熙便朝著身穿圍裙的我湊了過來，並小聲地呼叫我——

「由美姐」，好似有什麼秘密要跟我說。

「不覺得我們經理有點怪怪的嗎？」

「有嗎？我不太曉得耶。」

我佯裝聽不懂他想表達的意思，不過我的演技似乎已經被載熙徹底看穿。

「姐，妳的演技真差。以後絕對別想著當演員喔。」

「看來我要當演員的話，得重新投胎了。」

「經理感覺很反常。以前他總是會把他最愛惜的連枝胸花插在胸口，但最近不知道是把它扔哪裡去了，幾次都沒看到。」

「他是不是搞丟了呀？畢竟他本來就冒冒失失的。」

載熙「哎」了一聲後，猛然甩手並瞪了我一眼，好似要我別再睜眼說瞎話。

「經理不是會搞丟東西的人吧？就算真搞丟了，東西也應該會在飯店裡才對呀。但我真的完全沒看到，禹爺爺也說他不曉得。由美姐，妳呢？妳有看到嗎？」

「沒有耶。」

「是吧！」

「噓！經理都要聽見了。」

載熙難為情地偷笑了一下，像是說著「啊，我的失誤」。

接著，我像隻狐獴一樣伸長脖子，環顧四周尋找經理的蹤跡，確定經理不在前檯、也沒有在大廳裡。藉此機會，我決定要向載熙詢問我一直以來最好奇的問題。

「經理平時應該有在和家人聯絡吧？」

載熙歪了歪頭，似乎是覺得我突如其來的提問扯得很遠，然後低聲說道：

「他好像從很久以前就已經跟家人斷了聯繫。」

「不過，據說他小時候好像病得很重。」

「誰？滿郁經理嗎？」

「可能天生體虛吧。即便在大醫院動過手術、也接受過各種治療，但終究是沒能治好。」

「真的嗎……？但他現在看起來比我還健康呢。」

「這些是經理親口跟我說過的。」

「他應該只是開開玩笑吧。他本來講話就愛加油添醋嘛。」

「這倒是沒錯。」

聽載熙所言，雖然當下我這麼回應，但我其實放不下心。

「話說回來，今天怎麼都沒什麼客人呢？感覺今天飯店特別空盪盪的。」

「是呀，外面天氣這麼晴朗，卻總覺得哪裡怪怪的。經理人呢？」

載熙看了一圈櫃檯後，吃驚得目瞪口呆——

「由美姐！」

他忽然大吼大叫，嚇得我以為心臟要跳出來了。

「怎麼一回事？怎麼突然這麼大聲？」

「貓咪不見了！」

「什麼？」

這麼一說，成天有阿爾梅蒂亞趴睡於上面的坐墊，如今竟然空空如也。我們嘴裡喊著阿爾梅蒂亞的名字，同時仔細翻遍櫃檯和大廳，貓咪的去向依舊無跡可尋。牠是跑到室外了嗎？但牠能有什麼特別的理由要離開飯店嗎？要是哪時經理知道這件事，肯定會氣沖沖地質問我們沒鎖好門，所以我們無論如何都得找到牠才行。

「我們怎麼辦？是因為我今天早上沒幫牠準備食物，所以牠離家出走嗎？」

「不至於吧。」

「是不是應該找動保協會求助呀？」

此時，突然有人拍拍我的肩膀。回頭一看，是禹鎮宇爺爺站在我身後。

「他走了。」

「你說貓咪嗎？」

「金滿郁經理離開了。」

我愣在原地。怎麼有人這麼不負責任！

§

經理沒交代任何事情，便悄無聲息地離開了飯店。他人到底上哪兒去了呢？事出突然，所以我連發火的力氣都使不上。我們不得不趕緊制定對策，於是我們面對面坐下，試圖提出發想、思考如何靠我們三個人維持飯店的營運。然而，我們無論怎麼絞盡腦汁，實在想不出好辦法，我們認知到，當飯店少了經理，是近乎不可能正常運作的。最後我們不得不決議暫時停止營業，而為了方便前來的貴賓及早注意到停業公告，我在玻璃門把手上掛了一塊白板。

達爾葳妮大飯店即日起暫時停業。

在此，我們對遠道而來的貴賓致上深深的歉意。

我們將會帶著更優質的服務與環境再與大家見面的。

敬祝

身體健康　闔家平安

—達爾葳妮大飯店　全體員工　敬上—

「哎，以後我們飯店該怎麼辦才好呢？」看著門外的載熙長嘆了一口氣。這個嘛……應該只有經理才知道答案吧。他總不可能真的在沒有準備對策的情況下做出這種決定吧？哎呀，如果是那位男子，好像也不無可能。

我們收拾好自己的包包、走出來將飯店的門上鎖，接著也沒相互道別，便分道揚鑣、各自回家。

回到家躺在床上後，我突然憶起兩天前的事。大約是那天下午四點左右吧？我去外頭吹吹風散心時，發現了站在杏桃樹前的經理。而當問及他在做什麼時，他當時回答，自己做出了一個重大的決定。所謂重大決定竟然是丟下酒店離開嗎？

「由美呀。」

「什麼事？」

經理不知有什麼話想說，在走回飯店之前看著我欲言又止後，又只說聲「沒事」，而隨便笑著帶過。

「能夠請妳來工作，是我的幸運。」

他也沒等我回話，人便消失在門後。

而我則站在花園裡，靜靜地盯著經理稍早踏進的飯店門口。

當時經理究竟想對我說什麼呢？

雖然我不太確定，但我猜想他應該會想跟我說，自己接下來有地方要去，然而，又怕我聽到了之後會挽留他，最後才選擇直接離去。

假如經理當時跟我坦承，那麼我會如何回應呢？

不知道，我現在什麼都不想再思考。

搞不好這幾天來，載熙跟禹鎮宇爺爺也都隱約感知到了——經理即將離開、且可能再也不會回來飯店。

一架飛機悄悄地從窗外飛過。飛機劃過晴朗清透的天空，並留下了一條綿延的飛機雲。在那之後，翱翔天際的候鳥群如潺潺溪水般流動，一架巨大的鐵鳥、以及一大群候鳥，在天空中看起來都一樣小，這件事情總是令我驚豔。

我雙手合十，為經理祈禱，「即使他身在他處，也請好好守護他吧」。

經理離開後，我一天有一半以上的時間都在家裡附近的咖啡廳度過，我又得重新找工作了。在飯店裡發生的一切猶如一場長長的夢。家中的父母親一下擔憂、一下惱火，好奇我是不是被公司解雇了，但或許是見我如此沮喪，而心生憐憫，後來他們便沒有再一直追問我詳情了。

只不過是生活裡再也見不到經理，我的心卻像被掏空一樣，比過往求職期間屢戰屢敗時還空虛，就連咖啡也無法帶給我任何慰藉。

有些日子，當我特別想念飯店的時候，我會隻身前往會賢洞，心中一邊期待可以見到經理賦歸。然而，飯店大門依舊深鎖，我寫的停業公告原封不動地掛在玻璃門上。而在回家的路上，我會到烘焙坊買些可麗露，接著坐到家裡餐桌前大口大口地攝入食物，即使食物已經滿溢到喉嚨，仍填補不了我偌大的空虛感。我仍然沒有經理的任何消息，我持續是獨自一人。

某日早上九點，在我起床刷牙洗臉時，載熙傳來了簡訊。

——由美姐～請問這陣子滿郁經理有打電話聯絡妳嗎～

——沒有。杳無音信。

——我也沒有，有點擔心呢。經理究竟在哪裡做什麼呢？不過我們這麼擔心他，他本人應該過得很好吧？

——希望如此啦。最近換季天氣變化大，要好好保重身體喔。

——姐妳也是。如果妳有經理的消息的話請告訴我呦～

真的會有消息嗎？如果這個人本來就會主動聯絡別人，就沒道理人間蒸發了。

儘管如此，我還是抱著「以防萬一」的心態，查一輪未接電話和電子郵件，但絲毫沒有發掘到他的蹤跡。我接著自暴自棄地開始瀏覽垃圾郵件區，竟猛然發現了一封奇怪的郵件，寄件日期押在前天。

〈憶那些我們一起在飯店共度的時光〉

是經理！大概只有經理會下這種奇怪標題了——我的直覺這麼告訴我。雖然寄件人的欄位空著，但我心中已篤定是經理寄來的，也懇切希望真的是他。

我顫抖的手點擊滑鼠、按進了郵件，長篇的內文映入眼簾。

由美啊，是我。

想必現在大家應該都很好奇我去了哪裡吧。

現在我人在蘇格蘭，要來見一個必須見的人。

雖然知道妳會好奇原因，不過目前還沒到能跟妳詳細解釋來龍去脈的時機點，抱歉了。

今天早上，我一睜開眼睛便飛奔到住處門口的麵包店、買來了剛出爐的現烤可麗露。剛從烤箱出爐不久的可麗露還熱呼呼的，那完全是我想像中的味道，好吃到令人流淚。不過論可麗露，我覺得還是由美跟載熙烤的最美味。

這裡的天空很藍、當地人的瞳色也是湛藍色的。很難說蘇格蘭人親不親切，但感覺都是天性樸實的好人。

我住在恬靜小村莊裡的一間小旅館。從六角形的窗向外眺望，可以看到愛丁堡城堡。房間的牆壁很乾淨整潔，裡頭只有張單人床、原木圓桌以及像玩具一樣的一張椅子。由於那張床緊鄰窗邊，所以我每天一早醒來，就會看到尖頂的城堡周圍縈繞著霧氣，這裡太安靜了，使我常常感覺世上只剩下我一個人，但那感覺也像是在做一場夢，所以我也挺喜歡的。

我昨天去了愛丁堡城堡。沿路走下山後，能從一個小坡眺望老城區，當遇到漆成紅色的公共電話亭、從它左側的樓梯往下走，就會看到維德南城堡。沿著路一直前行，接著會出現蜿蜒的小巷，而穿出小巷後，便是維多利亞街。徜徉在那色彩繽紛的街道，則會使我聯想到彩虹棒棒糖。走著走著，還能看到一個寫著「Oink」

的粉色招牌，據說這個字在蘇格蘭語中是形容豬叫聲的狀聲詞，看來這裡的豬和韓國的豬叫聲不一樣呢。

經過那家店後，街上的另一個景點是《哈利波特》系列作者J. K.羅琳曾經流連過的大象咖啡屋。由美也喜歡看《哈利波特》嗎？我有一個認識的人好像非常喜歡呢。不過可惜的是，那裡現在看起來已經歇業了。我湊上前朝聖完傳說中J. K.羅琳曾坐過的窗邊位子後，便接著踏進了對街的咖啡廳。

點了一杯咖啡，我坐在窗邊悠悠地欣賞外頭的風景，直到傍晚才離開該地。要是妳也能在這裡與我一起欣賞這條街該有多好，真是可惜呀。啊對了，這裡連咖啡拉花都是畫大象的圖案呢。

我下榻的旅館的主人是一位名叫瑪格麗特的女性。老闆瑪格麗特是一位氣場很強的老奶奶，她還同時經營著一間小小的咖啡館，裡頭賣牧羊人派和千層麵等料理。她很喜歡藍色，所以她精心挑選的桌子和椅子都是鈷藍色的。店面的忠實主顧還算不少，所以奶奶的兒子也會來店面幫忙。他的名字叫彼得，四十五歲，不過心智年齡跟氣質比我年輕一點。他是重金屬樂團「金屬製品」的粉絲，所以那家店是成天迴盪著重金屬音樂的奇妙地方。

不過看到兒子是美國重金屬樂團的粉絲，瑪格麗特奶奶似乎是不太高興。但是很帥吧！居然有咖啡館會播重金屬音樂？我們飯店也該跟進才是。

我還在努力適應蘇格蘭的天氣，在來到這裡以前，真沒想過我是適應環境能力這麼差的人呢。相信載熙跟 Mr. WOO 會過得很好的，那由美過得如何呢？生活會太累嗎？

P.S. 阿爾梅蒂亞被我一起帶來了，請不必操心！

就這樣？內文隻字未提達爾葳妮大飯店相關的事情。附件裡有十一張照片，照片包括：蘇格蘭藍藍的天、中世紀氛圍的愛丁堡城堡、紅色的公共電話亭、玫瑰花盛開的小巷弄、烤得外脆內軟的可麗露和文中介紹的大象咖啡屋等等，還有經理和阿爾梅蒂亞一起合拍的自拍照。看經理過得這麼好，我一瞬間為他感到慶幸，但怎麼想又覺得他真是太過分了。

長長一封信，卻沒有任何一段寫到「我想妳了」。我盡量調適我的心情，但還是失敗了。我心中很想對經理這麼說——

「經理，請您畫個圓圈吧。圓圈以外的所有餘白，就是我傷心的總和！」

莫名感到委屈的我，難過地快要流下眼淚。

這時，「叮咚——」，門鈴響了。從對講機的畫面可以看見一名戴帽子的男子站在我家門口，手裡拿著一箱包裹。

「請問您是？」

「是××快遞喔。」

「請問寄件人是？」

「這裡不是車由美小姐的家嗎？」

「是沒錯……能幫我直接放門口嗎？」

「因為這是掛號，所以需要本人簽收呦。」

關掉對講機後，我趕緊用口罩遮住了口鼻，接著匆匆開門迎接。

隨著我推開了門，宅配人員稍微向後站了一些，接著遞出了機器，並要我依照指示簽收包裹。

「請問這包裹是誰寄來的？」

「喔……看起來是一個阿姨從國外寄給您的喔。」

宅配人員一臉不耐煩，應付了事地簡單確認了簽收單。而我速速簽完名後，則立刻接過他手裡的紙箱、關上門回到屋內。我有哪個住在國外的親戚說要寄包裹來嗎？

「寄件人　金滿郁」——直到我看到了寄件人的欄位，我才理解宅配人員稍早為什麼那麼回答。

看來是經理從蘇格蘭寄來的快遞。究竟裡面裝了什麼貴重的東西，才能讓他不惜花費高昂的國際運費，也要將包裹寄來韓國？如果有想說的話，大可以直接寫信寄電子郵件的。我一時不知所措，於是手裡拿著箱子、站在原地呆愣了一會兒。

「裡面有什麼呢？」

我一邊自言自語，一邊小心翼翼地撕開箱子上滿滿的膠帶。裡頭有一個用泡泡紙包裹的物品，外面還貼著一張小小的便條紙。

「在我回國以前，請代為保管。」

究竟是寄了什麼要我保管呢？因為泡泡紙層層包裹，所以單就外觀很難判斷裡頭的物品為何。我於是將泡泡紙整張攤開，發現裡頭擺了一把鑰匙。

哇，是萬能鑰匙！

我一眼便能辨認出那把鑰匙，那是經理會隨身攜帶的萬能鑰匙，因為上頭的星形吊飾很獨特，所以特別顯眼。只要有這把鑰匙，便能打開飯店裡的任何一扇門。

我不該待在家坐以待斃了。留著散落在地上的泡泡紙和紙箱，我只戴上了口罩、拿了手機便跑出家門。待會父母可能因此數落我，不過被罵也沒辦法，現在可不是在乎這些的時候。

§

行經飯店附近的某間咖啡廳時，我停下腳步並緊貼著窗戶往裡頭看了幾眼。

我果真沒看錯。

咖啡廳裡坐著禹鎮宇老爺爺。禹爺爺正在與對坐的某個男子說話。雖然有點距離，但他的臉色看起來不是很好，而且兩人似乎在談論一些嚴肅的話題。

就在此時，禹老爺爺猛然從椅子上跳起來，用力踹開咖啡廳的門走了出來。

我趕緊先躲到了路燈後方繼續觀察。來到外頭的禹老爺爺從褲子口袋裡拿出了手帕擦擦眼角的淚，並試圖平復自己的心情。他猶豫了好一陣子，似乎在考慮要不要回去咖啡廳裡，而最後，他看似是下定了決心，便直接拐過轉角離去。

不久後，稍早在跟禹爺爺談話的男人結完帳也走了出來。男子用手中已經皺成一團的衛生紙繼續擤鼻涕，正準備走向公車站。我於是匆匆地跟到他的後頭——

「先生！」

為了看是誰在呼喚他，回頭一望的男子瞪圓了雙眼。眼角皺紋和臉上滿布的傷疤說明他是多麼飽經風霜的人。

「請問您和禹鎮宇爺爺是什麼關係呢？」

「我嗎？我是他孫子。但小姐您為什麼問我這個問題呢？」

果然不祥的預感是正確的。眼前這男人，正是鼎鼎大名的禹家金孫——皓植。

「您好，我是禹爺爺的同事，準確來說是職場後輩。」

「啊。那個沒良心又奇怪的飯店？聽說，你們把人家一個七十多歲的老人當挑夫使喚？」

「爺爺確實是門僮。但絕不是因為有人使喚，他非常享受自己的工作。」

「小姐，那就是使喚。瞄準老人家沒什麼判斷是非明理的能力，然後趁機榨乾老人的騙子是誰？就是小姐您的上司啦。妳該感謝我沒報警把事情鬧大。」

聽男子的發言越來越失當，我實在不能坐視不理了。

「那麼先生你呢？你自己有哪一點贏過那個騙子呢？」

「妳說什麼？」

「從小有人幫你洗衣燒菜、將你一路呵護到大，而長大的你卻選擇離家、跟家人斷絕聯繫十年，這種忘恩負義的人才更罪孽深重吧？如果忘恩負義是一種罪，我現在就想立刻報警檢舉你。你可知道這些年來禹爺爺心裡有多麼難過又痛苦？」

男子不知是不是嚇得說不出話，抑或開始體驗到了良心的譴責，他當下並沒有開口回應。

「小姐，妳說得對……我是忘恩負義的大爛人。」

男子說話突然哽咽起來，我心裡其實有些慌張。雖然男子一臉凶神惡煞，但看來並不是個沒心沒肺的人。

「我從小就沒了父母，而是由爺爺帶大，這件事讓我覺得很丟臉。在村子裡，大家都戲弄我身為『未婚媽媽兒子』的身分，或是稱呼我為『不知父親長相的私生子』之類的，我那時候身材又很矮小，遭受人身攻擊也只能一再忍讓。但是長大後可就不一樣了，我的塊頭變大、力氣也增加，於是我找上了所有嘲笑過我的人，滿街追打，後來為了躲避警察，不得不即刻逃跑。我一度想騎機車逃走，但是擔心騎著車更容易被抓，所以就把車留在家裡了。結果，爺爺竟然以為那是我送給他的禮物……」

男子向我如實坦白自己的成長故事，想必這應該是相當難以啟齒的經歷。

「你有跟爺爺說過這件事嗎？」

男子點了點頭。

「他說他很清楚事實……但他覺得沒關係……他說，他相信自己只要保管好機車，我總有一天就會回家……而且他說，謝謝我人還平安活著……我怎麼現在才明白呢？爺爺是我唯一的家人，爺爺是我人生的全部。」

「對禹爺爺來說，你也是他人生的全部。」

男子心中百感一湧而上，終於忍不住潸然淚下。

§

與禹爺爺的孫子皓植分開後，我懷著錯綜複雜的心情爬上了通往飯店的陡坡。雖然經歷了許多波折，但禹爺爺和孫子終於能和解，真是萬幸。

我想，「和解」一事就像爬坡一樣。

萬事起頭難，前面幾步路總是最艱苦的，但越過最難的關卡後，接下來事情又會變得驚人地順利。誰先到達終點並不重要，率先抵達的人只要懂得站在那裡靜靜等待就行了。

想著想著，我的腳步已經帶領我到飯店了。理所當然飯店裡空無一人。我飛快地跑到了經理的辦公室前，並拿著手裡的萬能鑰匙打開了門。即使知道此刻不可能會有人經過這條走廊，我依舊轉身將辦公室門鎖上，接著像尋找獵物的老鷹一樣，環顧四周、尋找有用的線索，一瞬間，我甚至覺得自己彷彿被福爾摩斯附身了。

東翻西找的過程中，我忽然發現了一個物品，它與這個空間非常格格不入。

應該是一個音樂盒。和經理真不搭。

青色的螺鈿盒子上刻著金黃色的「夢的八音盒」字樣，一旁還有簡單介紹八音盒的一句短語：

「夢的八音盒——將您的夢保管在這裡吧。」

它所指的夢，究竟是睡覺時做的「夢境」，還是人渴望而追求的「夢想」？光看這句實在難以區辨，但我想，打開盒子應該就能獲得更多線索了吧。

不過事與願違，音樂盒上頭掛著鎖。接著我靈機一動地將腦筋動到萬能鑰匙上，總覺得應該能用它打開音樂盒。

我心中的緊張一路傳導到指尖，顫抖的手將鑰匙插進鑰匙孔，「喀噠——」，果然打開了。

音樂盒開啟的瞬間，我彷彿進入了某個人的夢境，我的腦海被夢裡的聲音占滿，我的頭頂上變成了星星閃爍的天空，人們從我的眼前經過。

接著，映入眼簾的是一張鋪著白布的床，且有個穿著病人服的男孩躺在床上。

我意識到，那是經理的夢，我無法控制那怦然跳動的心。

§

就在今天，為了接受治療，我住進了小兒癌症病房。

這裡的人稱呼我為小兒癌症病童，準確的病理診斷名是「小兒白血病」。這裡有很多病童跟我罹患相同的疾病，甚至也有不少人年紀比我還小，我看他們小小年紀便這麼辛苦，我都會鼓勵他們努力對抗病魔。

因為我每天都要打點滴，針孔在手臂上留下的痕跡也持續增加。雖然我覺得很痛，但我不想在媽媽面前流眼淚，因為我知道這樣媽媽會更傷心。

走廊上傳來哭聲。接著我看到護士姐姐們從對面的病房走了出來。那間房裡本來有我的朋友，而哭聲的主人便是朋友的父母親。媽媽為了不讓我看見，於是把門關上。我為先行離開的朋友流下了淚，我雖然年紀小，但我很清楚，我再也不能和朋友見到面了。

此刻我和媽媽住在飯店裡，今天是入住第一天。我媽媽的手很暖和，她總會用她溫熱的手摸摸我的頭。我沒有頭髮，所以整顆頭很光滑，媽媽總誇我的頭像鵝卵石一樣漂亮。

媽媽叫我喝了一杯裝著花瓣的茶，她還跟我說，我喝完茶就不會再生病了，她的臉頰被淚水沾濕。媽媽一邊緊緊握住了我的雙手，一邊囑咐我，要我絕對不可以忘記她的名字。

「只要能讓你變得更幸福，要做什麼事情媽媽都願意。我的寶貝呀……祝福你可以帶著笑容過一輩子。在遙遠遙遠的將來，即使你忘記媽媽的長相，也不能忘記媽媽的名字，記清楚了……」

黑夜裡的海浪試圖將我吞噬。

我看見海面上漂浮著一扇門，我想盡辦法避開海浪的襲擊，打開了門離去。

「孩子，你還記得我是誰嗎？」我甫睜開眼睛，便見一位大叔向我問道。

我點了點頭，他是飯店的經理叔叔。

「那你叫得出自己的名字嗎？」

我的腦中只浮現了一個名字，我便說出了那三個字。

「你說什麼？」

「滿郁……金，滿郁。」

經理叔叔什麼話也沒說，而是緊緊地抓住了我的手。

不過我為什麼在流眼淚呢？

在我三十一歲時，我當上了飯店經理。燕叔叔說自己想在寧靜的地方獨自安度晚年，於是將經理的位子讓給我之後便離開了。他是第四代、而我則成為本飯店第五代經理。不知道再之前的經理們都怎麼樣了呢？這家飯店具有神秘的力量，成為經理的人，既不會生病、也不會衰老，但同時，也失去了戀愛、結婚乃至於成家的權利。於是我獲得了健康，卻失去了與人的所有聯繫。等到退休後，我便能重回平凡人的身分，再與人交往，遇到戀人、甚至成為家人。不過，我什麼時候才能退休呢？

近一個月來，外頭天天下雨。今天，我在飯店的後院裡發現了一隻垂死的貓咪。徹底被雨打濕的貓咪苟延殘喘，不知是不是被車子撞上，所以腳看起來斷了。看牠冷得發抖，我便為牠撐了傘。然而這時，一道溫暖的光芒從天而降，貓咪竟然能走路了。難道是杏樹神出手救助這可憐的孩子嗎？

我為貓咪取的名字是「阿爾梅蒂亞」，名字與杏樹神的名字一模一樣。阿爾梅蒂亞是隻神秘的動物，牠每過午夜十二點，便有能力說人類的語言。而牠雖然身兼「飯店督導」的工作，不過我其實不知道牠算不算盡忠職守。但無論如何，牠都是我唯一的親人。

今年的聖誕節下雪了。白色聖誕節，飯店比以往任何時候都熱鬧，盛況空前。我將手工製作的「好事滿滿曲奇」當作禮物分送給了客人，萬幸收到曲奇的客人們看起來都非常幸福。我希望，來到此地的客人們都能覺得「這人生值得走一遭」就好了。

§

夢境到此結束了。

我站在原地許久，感覺心隱隱作痛。

滿郁並不是經理的名字，而是他母親的名字。幼時罹患小兒白血病的他，與母親一起喝下了祈願花茶，再次清醒後便失去了關於母親的記憶，且想必在他母親身上應該也發生類似的情形。她是在沒有認出兒子的情況下隻身離開酒店的嗎？這很有可能。

經理本打算有朝一日吃下杏樹的紫色果實，找回自己過往的記憶，他將果實妥善收藏至今，或許只是在等待合適的時機到來。但他後來選擇將他呵護了幾十年的果實讓給了患有先天性心臟病的荷蓁。而我呢，竟然不知他的用心良苦，對他的決定說三道四、不表諒解。

顯然經理不是刻意跟家人斷絕聯繫，而是他記不得了。且可以肯定的是，他比任何人都想念他母親，卻因為遺失了記憶，而再也找不到最親愛的家人。他手上唯一的線索是一張照片——那張在蘇格蘭拍的照片。

我現在才更能理解自己為什麼會這麼喜歡這個人了。

因為他會閃閃發光。

經理有著奇妙的獨特魅力，即使我的年紀小他許多，每望著他，我仍總覺心跳加速。且他雖然是個大人，但又像個小孩子一樣——他並非單純像孩子般有無限的開朗，而是年輕的靈魂裡保有著純粹。

若遇到有人想拿衛生紙把蜘蛛捏死時，他就會臉色發白地說「牠那麼可憐，就饒牠一命吧」，一邊用衛生紙將蜘蛛輕輕地包起來、再扔出窗外。

兩週前的某天，杏樹前反常地聚集了大群的螞蟻。我疑惑是什麼東西招來螞蟻群聚，走近一看，原來是有隻麻雀死了。當下我只是「哎呀，真可怕」一聲後靜靜地站著，經理卻截然不同。他用雙手將麻雀移到一旁，再拿周圍的泥土稍微覆蓋住牠。我於是好奇地問他為何如此，他便回答我——

「如此放牠孤獨地慢慢死去，牠該有多麼淒涼呀……何況孤獨後湊上來的竟然是對自己虎視眈眈的螞蟻群，實在太可憐了，所以我想至少讓牠好好被下葬。」

「您會不會代入太多感情了呢？」我只是打算開開玩笑，殊不知經理的臉色卻沉了下來，像是將世上的所有悲傷跟痛苦全都擔在身上一樣。

「大概是吧。說不定又是我多管閒事了。不過那隻麻雀臨終時，是不是也會希望能有這麼一個人為牠的死亡哀悼呢？」

由此可見他是一個何其心思細膩、靈魂清澈的人，堪稱空前絕後，那是我無論如何努力也遙不可及的地步。

怎麼辦呀……經理會不會討厭我呢？

我開始思索自己能為經理做些什麼。

顧好飯店？等待經理回來期間，我能為他做的就只有這件事了。

我於是拿出手機，在群組向兩人傳了訊息——

§

「**飯店集合！現在立刻！**」

此時，擺在飯店前檯的電話響了。

想到可能是經理打來，我便全力衝刺地跑去接聽電話。

「喂，您好？」

「……」

「經理，是你嗎？」

「……妳怎麼知道的？」

久違聽到這個聲音，我的心又感悸動。我好想跳過搭飛機的所有手續、現在就立刻跑到他面前，緊緊地抱住他，然後把臉埋在那散發香皂味道的胸口。

「你至少得答應我這件事。經理，你一定會再回來的吧？」

「妳希望我回去嗎？」

「這不是理所當然嗎？你是飯店經理，要是沒有你，這間飯店該由誰管理？」

「啊……我期待的答案是：『經理，我想死你了』的說。」

「這句話一半是對的、一半是錯的。我是真的很想你，但還沒到死的地步。」

我一邊用手背擦拭眼角的淚水，一邊哈哈哈地笑了。又哭又笑的，亂成一團。

「我很想妳耶。」耳邊傳來經理的喃喃自語。那聲音溫暖地使人全身發軟，也使我的臉不由得掛上了微笑。

「經理，這裡就交給我們吧。祝福你一定要見到該見的她。啊，對了，最晚聖誕節前要回來喔，這樣我們才能一起過聖誕節嘛。」

「謝謝妳了由美。竟然相約一起過聖誕節……」

「因為我們是一家人嘛。」

「……我會準時回去的。」儘管我看不到他的表情，但我想他應該微笑著。

我很想對經理說：「我希望你能幸福。」

連同我在內的所有客人們都從他那裡得到了溫暖安慰，而我希望他也能如此。

我輕輕閉上雙眼，想像自己如果不曾來到這家飯店、也因此沒有遇到經理的話，我該會過著什麼樣的生活呢？也許，我會依舊白天坐在咖啡廳、深夜站在便利商店的收銀臺前，以苦悶的神情，日復一日無聊地消磨時間。

這個世界上充滿著溫暖的人。無論何時身在何地，我都可能正與溫暖的人擦肩而過。

即使這世界充斥著痛苦與傷悲，我也相信，其中肯定會有小小的奇蹟發生。

相信那些奇蹟的存在，我們才得以堅持活下去。

好好地愛自己、又盡最大的努力生活後，我們便會遇到意外而珍貴的緣分，就如同我遇到達爾葳妮大飯店裡的這些人一樣。

玻璃窗外燈火通明，光線如潺潺江水流淌。

我穿上了圍裙、繫緊了綁帶、裙子上頭別著我的員工名牌。

門上掛鐘噹啷噹啷響，大門開啟，今天的第一位貴賓，也為了獲得安慰與療癒來到此地。

我充滿活力地大聲喊道——

「歡迎光臨達爾葳妮大飯店！」

後記

人人總有失敗的時候。思索並尋找克服失敗的方法，有如在雲霧中找路般困難。也因此，我們一直相當害怕失敗。

但失敗就是一種經驗，多多碰撞，我們的耐受度便會有所提升，我們將生成能夠區辨人群的慧眼，而知道可以向誰共享自己最深層的真心。若我們想變得更加幸福，我們應該將失敗視為往前邁進的墊腳石，而不是就此被失敗絆住、原地躺平。一邊創作這部作品，我同時也心想，要是真有這樣的飯店存在於現實世界就好了。希望達爾葳妮大飯店的員工們，有為努力生活的各位帶來一點溫暖與支持。

最後，我要將這部小說獻給最心愛的家人。

二〇二二年某個清涼的秋日午後

——朴僁美

國家圖書館出版品預行編目資料

歡迎來到奇蹟大飯店 / 朴偰美 著；吳念恩
譯.--初版.--臺北市：皇冠. 2024.06
面；公分. --（皇冠叢書；第5165種）
（故事森林；4）
譯自：달위니 호텔

ISBN 978-957-33-4162-8（平裝）

862.57　　113007160

皇冠叢書第5165種
故事森林 04

歡迎來到奇蹟大飯店

달위니 호텔

作　　者—朴偰美
譯　　者—吳念恩
發 行 人—平　雲
出版發行—皇冠文化出版有限公司
台北市敦化北路120巷50號
電話◎02-27168888
郵撥帳號◎15261516號
皇冠出版社(香港)有限公司
香港銅鑼灣道180號百樂商業中心
19字樓1903室
電話◎2529-1778　傳真◎2527-0904
總 編 輯—許婷婷
責任編輯—張懿祥
美術設計—嚴昱琳
行銷企劃—鄭雅方
著作完成日期—2023年
初版一刷日期—2024年6月

法律顧問—王惠光律師

讀者服務傳真專線◎02-27150507
電腦編號◎592004
ISBN◎978-957-33-4162-8
Printed in Taiwan
本書定價◎新台幣340元/港幣113元